騎士団の金庫番 2

元経理ＯＬの私、騎士団のお財布を握ることになりました

登場人物紹介
カエデ
異世界に転移した日本人。現在は西方騎士団に身を寄せ、経理の知識と前向きな性格で騎士たちをサポート中。
フランツ
正騎士。明るくまっすぐな性格で、剣や乗馬の技術に優れる。最近はカエデのことが気になっている。
クロード
氷魔法を操る正騎士。フランツとは対照的な冷静沈着タイプだが、親友の間柄。

ナッシュ
西方騎士団副団長。ゲルハルトとは正反対の知性派で、騎士団の経理を担当している。
ゲルハルト
西方騎士団団長。豪快な性格で、騎士団随一の強者。カエデを金庫番補佐に抜擢した。
リーレシア
フランツの異母妹。兄のことが大好き。王都近郊の別荘地で母親と暮らしている。
モモ
仔羊の姿をした不思議な生き物。ちょっぴり食いしん坊。

目　次

第四章　帳簿が合わない⁉

鳥のさえずりがあちこちから聞こえてくる草原の朝。

私は小川の傍《そば》にしゃがんで顔を洗うと、膝《ひざ》の上へ置いておいた布で顔を拭《ふ》いた。

季節は夏まっさかり。朝早い時間なのにもうかなり蒸し暑くて、川の水のひんやりとした冷たさが心地良い。

そして、川の水面に顔を映すと首を傾けてクシで髪をとかす。

ずいぶん長くなったなぁ。

ここの世界に来たばかりのときは、肩につかないくらいの長さだった私の髪も、今はすっかり肩につくようになっていた。

その髪を手で後ろに軽く束《たば》ねてみる。

うん。そろそろ結んだ方がいいかもね。その方がすっきりして見えるし、なにより涼しいもの。

身支度を終えると救護班の荷馬車へと戻った。今は次のキャンプ地への移動中なので、荷物は全部荷馬車の上に積まれている。

荷台に上って、何か紐《ひも》みたいなものがないかなぁと探してみたけれど、テントを張るときに使う麻紐《あさひも》くらいしか見つからない。

まぁ、いまはこれでいいや。と思って麻紐で髪を結んでいたら、それを見ていたサブリナ様に困ったような笑顔を浮かべられてしまった。

「あら。髪を束ねるのも素敵ね。よく似合うわ。でも、可愛《かわい》らしいリボンにした方がもっと素敵よ。ちょっと待っていてね」

そう言って早速《さっそく》何かを探しはじめてらっしゃるので、私は慌《あわ》てて彼女を止める。

「サブリナさんっ。いまはこれで充分ですよ。何かのついでに良さそうなものが見つかったら、そのときお借りします」

「そう？　でも、テントの紐じゃあんまりだわ。あ、そうだ、あれがあった」

まだ荷馬車の上をゴソゴソ探してらしたサブリナ様は、裁縫道具を入れてある小箱を引き出すとその中から一本の白いリボンを取り出した。

「これなんて可愛らしいんじゃないかしら。何かのフチ飾りに使おうと思って編んでおいたの」

手渡されたリボンをよく見てみると、細かな編み込みがされている。これ、レースだ！　編み込まれた草花の模様が可愛らしい。これを手で一針ずつ編むって相当時間かかったんじゃないだろうか。

「そんな、もったいないですよ！」

思わずサブリナ様の手に返そうとしたけれど、彼女はほがらかに笑ってそれを受け取ったあとくるりと私の後ろに回った。そして、私の髪を丁寧《ていねい》にまとめたあと、そのレースで結んでくださる。

「ほら。素敵でしょ？　黒髪だから、白い色が映えるわね。あら、鏡はどこに行ったかしら。あったあった」

小さな手鏡を貸してもらって見てみる。合わせ鏡ではないからしっかり後ろまで見えるわけじゃないけれど、首を横に向けると、愛らしく蝶々《ちょうちょう》結びされたリボンが目に入った。麻紐に比べたら可愛らしさは比べ物にならない。

「本当に、いいんですか？」

「いいのいいの。暇《ひま》つぶしに編んでいただけで、これといって使うあてもなかったんだから」

そうおっしゃるので、ありがたくレースのリボンをお借りすることにした。

お洒落《しゃれ》なことをするなんて久しぶり。リボンをつけただけなのに、自分でも驚くほど気持ちが華《はな》やかになった。

「ありがとうございます。あ、そうだ。朝ご飯、もらいにいこうと思ってたんだった。サブリナさんとレインの分ももらってきちゃいますね」

早くもらいに行かないと、なくなってしまう。本来人数分あるはずなのに、遅れた人の分は誰かがお代わりに食べてしまって食べ損《そこ》なうことがあるんだ。

私はサブリナ様と言葉を交わしたあと、調理班の荷馬車の方へと足を向けた。

移動中はキャンプ中とはまた少し食事の様子が違うんだ。基本的に移動中はあまり煮炊《にた》きができないので、そのまますぐに食べられるものが中心になる。というわけで今朝のご飯は、堅《かた》パンと切り分けたチーズでした。

さらに安心して飲める水場が近くにないことも多いので、飲み物は長期保存のきくワインやエールになることが多いの。直前に立ち寄った街ではワインが安かったから、今回の移動では調理班のみんなと相談してワインをたくさん買って積んできたんだ。

樽《たる》からカップにワインを注いでもらっていると、ちょうど朝ご飯を貰いに来ていたフランツと出くわした。

「おはよう。フランツ」

「おはよう……あれ？」

フランツは、きょとんと不思議そうな顔でこちらを見ている。

「どうしたの？」

「あ、いや。ああ、そっか。髪型が変わったんだ。急におとなびた感じになったから、ちょっとびっくりした」

「……似合わなかったかな」

心配になってそう聞いてみたら、彼は顔の前でぶんぶんと手を振る。

「そ、そんなことないよ。よく似合ってる、と思う」

そう言うと彼は、手に持っていたワインをコクリと飲む。ほんのり顔が朱《あか》い気がするのは、ワインのせい？

「フフ。良かった。サブリナさんにリボンお借りしたんだ。髪、長くなっちゃったからまとめてみたの」

くるっとその場で回ってみせると、フランツはウンウンとしきりに何度も頷《うなず》いていた。

そのあと、サブリナ様とレインに朝ご飯を持って帰ったら、フランツと一緒に朝ご飯を済ませる。

朝ご飯が済むと、再び西方《せいほう》騎士団の列は次のキャンプ地へ向けて出発！

草原地帯を一列になって進んでいくと、しばらくして周りに木々がポツポツと増え、やがて森になった。

でもその木の一本一本が、いままで見たものとは全然違うの。

「うわぁ、すごい……大きな木……」

とにかく幹《みき》の太さが尋常《じんじょう》じゃない。直径十メートル以上、中には二、三十メートルはありそうな太さの木々がすくっと真っ直ぐに立っている。背もとても高くて、森の中にいるというよりは高層ビルの谷間にいると錯覚しそう。葉っぱは遥《はる》か上の方にこんもりと空に蓋《ふた》をするようについている。


元いた世界にもバオバブの木っていうとても大きな木があってその写真を見たこともあるけれど、ここの木はそれよりもさらに太くて背が高そうだった。

さらに、その遥か高いところにある枝からは、はらりはらりと大きな葉っぱが落ちてきている。

「ムーアと呼ばれる巨木だよ。ここは巨人の森と呼ばれているんだ」

御者席《ぎょしゃせき》に座って馬を操《あやつ》りながら、レインが教えてくれる。

「え、巨人っていうのがいるんですか⁉」

思わずそう尋《たず》ねてしまったら、レインは声を漏《も》らして笑いだした。

「いや、今はいないね。昔は巨人が住んでいたなんていう伝承があったらしいけれど、おそらくこの巨木を見て当時の人たちがそう想像したんだろうね」

そっかぁ。巨人はいないのかぁ。残念。

でも、そう空想した昔の人たちの気持ちは少しわかる気がする。

空を見上げると、僅《わず》かに差し込む木漏《こも》れ日の中、はらはらと大きな葉っぱが絶え間なく降り続けていた。この景色を見ていると、スケールが違いすぎてまるで自分がすごく小さくなったんじゃないかって錯覚しちゃうもの。こんな森なら巨人でも住めるかもしれない。

「ほら。あそこが次の駐屯地《ちゅうとんち》だよ」

レインが前方を指さす。そこも大きなムーアの木々が何本もそびえ立っていたのだけれど、よく見ると幹に何か描いてあるように見えた。なんだろう、あれ？

荷馬車がキャンプ地に近づくにつれ、私は目の前に広がる景色に見入ってしまった。

「ふわぁ……」

思わず漏れる、驚きの声。

目の前には数本のムーアの木々がそびえている。その幹に何か描いてあると思ったソレは、近づくとすべて窓だということがわかった。

太い幹の中がくり抜かれていて、その中に階段や部屋が掘られているんだ！

その情景はまるで、塔かタワーマンションが大きな木に飲み込まれているみたいにも見える。

団員さんたちはこの景色にも慣れているのか、荷下ろしが済むとムーアの幹の中へとせっせと荷物を運び込みはじめた。木に開けられた窓からは団員さんたちの様子がよく見える。

「ここではテントは張らずに、あの木の中を使わせてもらうのよ」

サブリナ様の言葉のとおり、馬車は一本のムーアの前に横付けされる。すぐにレインが御者席から降りると荷下ろしを始めたので、私とサブリナ様もそれを手伝った。

「ここの木の中のお部屋って、誰が掘ったんですか？　もしかして、昔の団員さんたち？」

馬車の荷台から荷物を下ろしながら素朴《そぼく》な疑問を口にすると、

「かつてここに住んでいた先住民たちがあの木をくり抜いて住居に使っていたと言われているわね。

私たちは、その住居跡を使わせてもらっているだけなの」

木をくり抜かれて作られた住居跡はこの辺りに集中して立っているようで、ここから見えているだけでも全部で五ヶ所あった。きっとこの辺りが、かつての集落跡なんだろう。

どの班がどの木を使うのかはあらかじめ決まっているようで、サブリナ様とレインは下ろした荷物を近くのムーアの中へと運んでいく。

私もポーションの入った木箱を抱えると、彼らのあとについていった。

ムーアの住居の入り口にはドアのようなものはなく、ぽかっとただ入り口が開けられているだけ。

そして中に入ると、

「わ、案外広い……」

ちょっとしたリビングくらいの広さがある。その脇《わき》に木をそのままくり抜いただけの階段があって、サブリナ様たちがそこを上っていくのでついていった。

「ここの一階と二階を救護班が使うんだよ。あとで一階に簡易ベッドを設置しよう。この上の階は、小さな部屋がいくつかあるから寝起きするのは、そちらでね」

二階のすみっこにレインが荷物を置いたので、私もその近くに木箱を置く。

「ここって何階まであるんですか？」

「えっと、ここのムーアは八階かな。三階まで私たちが使って、それより上は従騎士さんたちの部屋にしてるんだよ」

うわぁ、八階か！　そこまで上るのは大変そうだなぁ。

もちろんエレベーターなんて便利なものもない。木をくり抜いただけのゴツゴツした階段をそんな高さまで上るのは足腰が疲れそう。

「ちょっとこの上も見てきていいですか？」

「ああ、いいよ。行っておいで」

レインににこやかに見送られて、私は上への階段を上ってみた。

三階は彼が言ったとおり、一、二階とは違って仕切られた小さな部屋がいくつもある。といってもやっぱりドアはないので、あとで適当な布をドアがわりにかけておいた方がいいかも。小部屋を繋《つな》ぐ廊下側の一面は何ヶ所か窓のようにくり抜かれていて外の景色が見えている。窓ガラスなんてものは嵌《は》められてはいないので冬は寒そうだけど、いまは温かい季節だから森の中を駆け巡るひんやりした風が時折入り込んできて気持ちが良い。

窓に手をついて下をのぞくと、団員さんたちがせっせと荷運びをしているのが見えた。住居跡ムーアが囲む広場のようなスペースには井戸もあるようで、その傍でお馬さんたちが水をもらってくつろいでいるのも見下ろせる。

騎士の人たちが使っているのは向かいに立つムーアみたい。

こうやって眺めていると、まるで木の外観をした高層ビル群にいるみたいで不思議な気持ちになってくる。就職活動していたころはピカピカの高層オフィスで働くのが夢だったけど、まさか別の世界に来てこんなところで暮らすことになるなんてなぁ。

「なんて感傷《かんしょう》にふけってる場合じゃないぞ。簡易ベッド、はやく組み立てなきゃ」

そうだった、そうだった。みんな作業中なのに、なんで一人でぼけっとしてたんだろう。テントを組み立てる必要がないとはいえ、やることはたくさんある。こんなところでサボってるわけにはいかない。

私は木の階段をトントンとテンポ良く下へと降りていった。途中でうっかり足を踏み外しそうになったけど、なんとか持ち直して尻餅《しりもち》つかずに済んだのでセーフ。ちょっと、ヒヤッとした。今度からは気をつけよう。

荷馬車からの荷物の運び込みが終わると、レインと手分けをして簡易ベッドを組み立てた。彼ほど手際《てぎわ》よくはできないけれど、私ももう一人で組み立てられるようになったよ。

テントを張る必要がない分、設営準備はいつもよりもずっと早く終わってしまった。

救護班のムーアの外に出てみると、真ん中の広間で大焚《た》き火《び》が燃えている。その傍では、これもたぶんすっかり恒例なんだろうけど、クロードが従騎士さんたちと一緒に拾ってきた石でカマドを組み立てていた。それももうできあがりそう。

さて、何か手伝うことはないかなと辺《あた》りを見回してみると、テオとアキちゃんが何かを拾っている。なんだろうと様子をうかがうと、どうやら地面に落ちている葉っぱを拾っているみたい。

森の中にはひっきりなしに頭上高くから大きな葉っぱが落ちてきていて、落ちたばかりのものを選んで拾っているみたい。

「それ、どうするの？」

傍へ行って尋ねてみると、アキちゃんは作業の手を止めて今拾ったばかりの葉っぱを一枚渡してくれた。

葉っぱは、私が両腕を丸めて輪っかにしたくらいの大きさがある、とっても大きなもの。木が大きいから、葉っぱも大きいのね。

「これ、料理に使うらしいんです」

遠征一年目のアキちゃんはまだ具体的にどういう料理に使うのかわからないようで、彼女の言葉をテオが繋ぐ。

「この辺りの伝統料理らしいんですが、その葉っぱにイモを包んで焚き火の下に入れておくと、ちょうどよく蒸《ふ》かしたみたいになるんです」

へぇ。包み焼きかぁ。それは美味《おい》しそう。

彼らが拾っている葉っぱも今日の晩ご飯に使うんだろうな。これは楽しみ。

「私も手伝うよ。上から落ちてくる葉っぱを拾えばいいのね」

「はい。ただ、なるべく綺麗《きれい》な葉っぱがいいので、落ちてきたばかりのものを拾っています。本当は」

テオは今、上からひらひらと落ちてきたばかりの葉っぱを地面に落ちる前に器用にキャッチした。

「こうやって、地面に落ちる前に拾えるのが一番いいんですけどね」

この森の地面はひっきりなしに落ちてくる葉っぱが積もって、ふかふかしている。高い森の木の上は天幕のように緑の葉っぱが覆《おお》っているので、森の中はどちらかというとしっとりじんわり。朝《あさ》露《つゆ》なのか最近雨が降って濡れたままなのか、地面の葉っぱはどこか濡れた感じがしていた。だから地面に落ちちゃうとちょっと汚れてしまう。

洗いはするんだろうけど、料理に使うならなるべく綺麗なままがいいよね。

「私もやってみるね」

早速いままさに落ちてきている葉っぱを見つけると、すぐにその下に行ってキャッチ！　……しようとするのだけど、これが案外うまくいかない。

葉っぱが大きいためか、それとも少し楕円《だえん》の形をしているからなのか。ひらりひらりと舞いながら落ちてくるので、ここに落ちてくるかな？　という場所に予《あらかじ》め立っていても実際の落下地点は少しずれたりするの。

落ちてくる葉っぱに手をのばしても、するっと軌道《きどう》を変えられて地面に落ちてしまう。ううん。思ったより難しいぞ、これ。

それでも何枚かチャレンジしているうちに、落ちてくる葉っぱに手が触れて取れそうになってくる。

よし、今度こそ空中でキャッチしてみせるんだから。

また落ちてくる葉っぱを見つけると、上を見ながらそちらに近寄っていった。

途中でひらりと落ちてくる軌道を変えたので、慌ててそちらに足を早めたら。

「きゃ、きゃっ！」

全身で何かに勢いよくぶつかってしまった。

「ご、ごめんなさいっ」

ぶつかったときの感触で、それが物ではなく人だということはすぐにわかった。

まだ体勢も立て直せていないのに慌てて謝ると、相手からもすぐに声が返ってくる。

「いや、そっちこそ大丈夫？」

よく見ると、背の高い身体《からだ》に金色の髪。困惑《こんわく》したような緑の瞳《ひとみ》がすぐ間近でこちらを見下ろしていた。

「フランツ……？」

ぶつかった相手はフランツだったんだ。彼の顔がすぐ近くにあって、その緑の瞳をついジッと見入ってしまいそうになり、ハッと我に返る。

バランスを崩したまま、彼の胸にもたれたままだ！

「きゃ、きゃあっ。ご、ごめんなさいっ」

慌てて離れると、

「別にいいけど。何してたの？　ずっと上見てたみたいだったけど」

彼は気にしていない様子で笑顔《えがお》で聞いてきた。

「うん。えっと、あのね。これを拾ってたの。テオたちが料理に使うんだって」

胸に抱くようにして持っていた葉っぱの束を彼に見せる。

「ああ、なるほど。俺《おれ》も昔、何度かクロードに手伝わされたことがあるよ」

そっか。クロードは従騎士のときは調理班だったって言ってたものね。今より若いフランツとクロードが一生懸命葉っぱを拾ってた姿を想像すると、つい笑《え》みが漏れてしまう。

「なんだか可愛いね」

「まぁ、今よりはね」

「そういえば、フランツの部屋はどこになったの？」

騎士さんたちが使っているムーアがどの木なのかはわかるけれど、そのどこにフランツの部屋があるのかまでは知らないから、ちょうどいいので尋ねてみた。

「ああ、えっとね。あの木の十五階」

フランツは救護班の使っているムーアの向かいにある木の一番上辺りを指さした。

「ええええっ⁉　十五階⁉　そんなところまで部屋があるの」

「そうなんだ。たぶん、そこまで中が掘られているのはあの木だけだと思う」

「十五階って……上り下りするの大変じゃない？」

率直な疑問が浮かんでそう口にすると、彼はげんなりした顔になった。

「大変だよ。下りるのはいいけど、上るのはほんとうんざりする。団長とかは、これもトレーニングだとか言ってさくさく上ってくけど。どうなってんだ、あのおっさんの体力」

「そっか……それは大変だね……」

あの上りにくい階段をそんな高さまで上るなんて、考えただけで足が痛くなってきそう。

「クロードも同じ部屋なの？」

なんとなく、どちらかというと運動とかあまり得意じゃなさそうなクロードがそんな上り下りをしているなんて気の毒になっていたら、フランツはゆるゆると首を横に振った。

「アイツなら、とっとと班長に交渉して自分だけ下の方の階にしてもらってた。ちゃっかりしてるよなぁ。まぁ、俺たちみたいな前衛はもともと体力ある奴《やつ》多いから怪我《けが》でもしない限り下の階なんてあてがってもらえないんだけどさ」

なんて言って彼ははぁっと嘆息《たんそく》する。そこでふと思い出したように彼は手に持っていた紙を差し出してきた。

「ああ、そうだ。そんな話をしにきたんじゃなかった。ちょっと見てもらおうと思ってこれを持ってきたんだ」

「なぁに？」

手元を覗《のぞ》きこむと、彼が持っていた紙の束は私が以前使い方を教えたお小遣い帳だった。あれからちょくちょくチェックさせてもらってはいたけれど、フランツは漏れなくちゃんと記帳している。すでに一番下の欄まで埋まっていて、そこから先の続きは二枚目の紙に移っていた。

「これをまた見てもらおうと思ったんだ。ちゃんと書けてるのか心配でさ」

「ええ。いいわよ。でも、ちょっとまってね。葉っぱ集め終わったら……」

そう。いまはテオたちのお手伝い中なんだもの。この葉っぱを集め終わらないと晩ご飯の準備に取りかかれないからと思っていたら、たくさんの葉っぱを胸に抱いたテオとアキちゃんが私たちの傍にやってきた。

「葉っぱでしたら、もうこれだけあれば今日のところは大丈夫《だいじょうぶ》ですよ」

「そっか。じゃあ」

私はまだ五、六枚しか拾えていないのに、二人とももう何十枚もの葉っぱを抱えている。

「そちらも受け取ります」

アキちゃんが葉っぱの束を抱えたまま器用に片手を差し出してくれたので、その手に私が拾った葉っぱを渡した。

「料理、がんばってね」

そう声をかけると、

「「はいっ」」

笑顔とともにはつらつとした声が返ってくる。二人とも相変わらず可愛らしい。そして二人でうなずき合うと、カマドの方へと戻っていった。

その背中を見送ってから、改めてフランツのお小遣い帳を見てみる。

王都に戻るまで、遠征はあと残り二ヶ月ほど。半年の遠征の三分の二が終わったことになる。

遠征中にお金を使うのは基本的に街に出てからだから、出費は同じ日に固まっていることが多い。

街に行ったときの飲食代や、画材代、それに足らなくなった日用品を買い足したりしている程度。

うん。ずいぶん節制して使っているみたい。

フランツは先生に宿題の丸付けしてもらっている生徒のように、神妙《しんみょう》な面持《おもも》ちで黙ってこちらの手元を見ている。

そうやって項目をざっと指で押さえながら眺めていると、一つ気になるものを見つけた。

「あれ？　これも買ったの？」

『お金が増減した理由』のところに『お土産《みやげ》』と書いてあって、『減った金額』のところに銀貨五枚とあった。これは妹さんのリーレシアちゃんへのお土産代に匹敵《ひってき》する金額。でも、彼女へのお土産代は既《すで》にもう記帳してその分をとってあるので、この段階で書く必要はないはずなのだ。

ここで再度高額のお土産代を取り分けたから、後々《あとあと》かなり節約することになったことがお小遣い帳から見えてくる。

詳《くわ》しいことを聞きたくてその項目を指で押さえたままフランツの顔を見上げると、彼は何だか言いたくなさそうに、

「う、うん。それは、ちょっと……」

と目を逸《そ》らしてしまった。

何か、私に聞かれたくないことだったのかな。

そうだよね。個人所有のお金の流れを見るっていうことは、その人のお金の使い方というとてもプライベートな部分を覗き見ることでもある。

小さな子どもならともかく、フランツはもうすっかりおとなだ。

彼にだって、知られたくないお金の使い道だってあるだろう。

「あ、いいよ。そんな洗いざらい話さなくても。お金の流れは充分見えるから」

私がそう言うと、フランツの表情がどこかホッとしたように緩《ゆる》んだのがわかった。

やっぱり私に知られたくないことだったのかな。気にはなるけど、それはたぶん会計的な興味ではなくて、彼への個人的な興味だから詮索《せんさく》みたいなことはもうやめよう。

それ以外のお金の流れは、特に問題もなかった。

これなら遠征が終わるまでにお金が足りなくなってクロードにお金を借りることもないでしょう。

「うん。大丈夫。ちゃんと記帳されてるし、この分なら遠征終わるまで金欠になることもないと思うよ」

そう太鼓判《たいこばん》を押しながら彼にお小遣い帳を返した。

「ほんと？　良かった」

ようやく彼の顔にも笑顔が広がる。

「遠征もあと二ヶ月くらいだしね」

そう言ってしまってから、その言葉がふいに自分の中で重く響く。

そうか。この生活もあと二ヶ月なんだ。

そのあとの私の処遇《しょぐう》はまだ決まっていない。そのことに不安もあるけれど、それよりもなによりも、この遠征生活が終わってしまうという事実が妙に私の気持ちをざわつかせる。

フランツたちは仕事として来ているので、王都に戻ってもまた半年すれば遠征に出るのだろう。でも、私はもう次の遠征に同行することはない。最近、そのことをなんだかとても寂《さび》しく感じてしまう。楽しかった夏休みが終わるときの、ちょっとしんみりとした気持ちに似ているかも。

「そっか……あと二ヶ月なんだ。この生活」

「そうだね。王都に戻ったら戻ったで、いろいろまたやることはあるけどね」

彼は私のそんな感傷には気づいた様子もなく、少しうんざりした調子でそう返した。

「王都に戻ったら西方騎士団はどうなるの？」

「うん？　えっとね。近衛《このえ》騎士団の一部になるんだよ。前にも言ったかもしれないけど、王都には四つの騎士団があって、それぞれ東西南北の地域に遠征に行っているんだ。それで、西方騎士団と東方《とうほう》騎士団が遠征している間は、あとの二つは王都で近衛騎士団として王城を守る仕事をしてる。俺たち西方騎士団と東方騎士団が王都に戻ると交代で王都にいた二つの騎士団が遠征に出て、今度は俺たちが近衛騎士団として王都で働く、って感じ」

ほう。そういうシステムなのね。

「じゃあ、王都に戻ったら今度は王城仕えの仕事が待ってるんだ？」

コクンと頷くフランツ。

「そうなんだ。まぁ、戻った直後は一週間くらい休み貰えるけどね。それが終わったら、今度は毎日王城に出勤。それはそれで結構憂鬱《ゆううつ》なんだよな……。遠征が苦手って言う団員もいるけど、俺は遠征好きだからさ」

そうだよね。フランツは遠征目的で騎士団に入ったんだもんね。遠征中は自由に絵が描けるから。

「終わっちゃうの、少し寂しいね」

私は自分の中にある寂寥《せきりょうかん》感を少し漏らした。それに、フランツは同意するように小さく笑みを零《こぼ》す。

「そうだな。……そうだ。王都に戻ったら、カエデも王城仕えの文官になるといいよ。そんなにお金の知識があるんだからさ。きっと重宝《ちょうほう》がられると思うよ？」

「え……」

考えてすらいなかったことを言われて、私は口を開けたままポカンとしてしまった。

そっか。そういう道もあるんだ。王城仕えになれば、またフランツとも王城で顔を合わせたりもできるのかな。でも王城仕えってどうやればなれるんだろう。なんだかとっても難しそうだけど、もしそうなれたらいいなぁ。

「じゃあ、文字の読み書き、もっと頑張《がんば》らなきゃね」

いまもサブリナ様やレインに教わって簡単な読み書きを練習しているけれど、文字をひとつひとつ確認しながらなんとか読めるという程度で、すらすら読めるとは言いがたい。

「そうだね。文官だと文字が読めないと話にならないからね」

「頑張ってみる」

胸の前で両手の拳《こぶし》を握って決意を新《あら》たにしたところで、ふいに背後から「カエデ」と誰かに声をかけられた。

フランツとともにそちらに目をやると、ゲルハルト団長がこちらに歩いてくるのが見える。

「悪い。ちょっと話したいんだけど。少し時間いいかな」

そう私に言った後、団長はちらっとフランツに目をやる。どうやら、彼は私と二人だけで話したいことがあるみたい。ちょうどフランツのお小遣い帳のチェックも終わったところだし。私も何となくフランツに視線を向けると、彼は空気を察して。

「じゃあ、俺、戻ってます。カエデ、またあとで夕飯のときにでも」

「うん。わかった」

フランツは私に笑顔を向けた後、団長に小さく一礼して小走りに自分の部屋のあるムーアの方へと駆けて行った。

「それで、話ってなんですか？」

フランツの姿が見えなくなってから団長にそう尋ねると、彼は軽く辺りを見回したあと、傍のムーアを指さした。

「こっち、いいかな」

団長はムーアの方へと歩いて行く。そのあとを少し遅れてついていった。てっきりどこかの部屋を借りて話すのかと思ったら、彼は木の入り口の前を通り過ぎ、その太い幹をぐるっと回って裏まで行く。

大きなムーアに遮《さえぎ》られて、その辺りにはまったく人の気配はない。

ムーアの真裏まで来ると、団長は足を止めてこちらに振り返った。

話ってなんだろう。フランツや、他のみんなに聞かれちゃまずい話なのかな……。

もしかして、遠征が終わった後の私の身の振り方が決まったの？

そう考えたら、なんだか心臓がドキドキしてきた。

いつもはにこやかな団長の顔が、いつになく険《けわ》しい。

大きな怪我の痕《あと》があるその顔は、黙っていると威圧感を覚えそうになる。

何を言われるんだろう。ごくりと生唾《なまつば》を飲み込んで、じっと彼の言葉を待った。

すると突然、団長は私に向かって頭を下げた。それも腰を直角に曲げるほどに深く。

「……え？」

唖然《あぜん》とする私に団長は言う。

「西方騎士団を救ってくれて、ありがとう。いま、こうやって無事に遠征を続けていられるのはカエデのおかげだ。感謝してもしきれない」

「……え、ちょ、ちょっと待ってください。そんな、今さら……」

団長が自由都市ヴィラスでのことを言っているのは、すぐにわかった。でもそれはもう何週間も前のこと。なぜそれを今さら？

戸惑《とまど》っていると、団長は頭をあげてバツが悪そうに苦笑いを浮かべた。

「本当はもっと早くに言おうと思っていたんだが、団の立て直しやら、移動やらいろいろあってなかなか言う時間がなくてな。だから改めて団を代表して感謝を伝えたかったんだ。でも、そう思ってるのは俺だけじゃない。団にいるみんな同じ気持ちだよ」

そういって、団長は目尻《めじり》を和《やわ》らげる。

「あのとき。もしアンデッド化の兆候《ちょうこう》が出る団員がいたら、俺は殺さなければならなかったんだ。

それが誰であっても、たとえ俺自身であってもな。実際、その覚悟はしていたよ。そうせずに済んだのは、カエデのおかげだ」

あの日のことについて団員さんたちからお礼を言われることはあった。あれ以来、キャンプの中を歩いていても親しげに声をかけてくれたり、荷物を持つのを手伝ってくれたりと親切にしてくれる団員さんが急に多くなったのも感じている。

でも、この西方騎士団のトップである団長から改めてそう言われると、どうしていいのかわからず戸惑ってしまう。

「え、えと……あのときは、自分でできることを何でもやろうと思って。そ、それに、フランツのことが心配で……」

あああ、なんでここでフランツの名前を出しちゃったんだろう！

わざわざ団長の前で言わなくてもいいのに。言ってから恥ずかしくてよけいあわあわしていると、団長はそんな私の様子がおかしかったのか吹き出すように笑い出す。

「ハハハ。いやぁ、フランツも果報者《かほうもの》だな」

「わ、忘れてください、いまの……」

赤くなっているかもしれない顔を隠すように俯《うつむ》きながらお願いする。

「わかってる。それに、感謝してるのはそれだけじゃないんだ。カエデが調理班に関わるようになってから、料理の質もグッとあがったしな。おかげで食事の時間が楽しみになったよ」

「ありがとう、ございます。でもあれだって、自分が美味しいものを食べたかったからで」

本当に、それだけなんだ。だって、あのままだったらずっとイモ料理ばかり食べる羽目《はめ》になってたんだもん。

「そうであっても、それを実際に行動に移すことができる奴はなかなかいないよ。それができるってだけでもすごいことだと俺は思う。これはフランツにも言えることだが、お前たちはもう少し自分に自信を持ってもいい。それだけの実力と功績があるんだからさ」

仕事ぶりをこんなふうに上の立場の人から直接褒《ほ》められたのは初めてのことだった。ＯＬだったころは、ちゃんと仕事をこなすのが当たり前で何かミスをすると責められるというふうだったし、それが普通だと思っていたから。

こんなふうに褒められるのに慣れていないからなのか、面映《おもは》ゆくて私は、「ありがとうございます」と頭を下げるしかできなかった。

すると、それまでニコニコしていた団長が、再びすっと表情を引き締める。

「話したいことはそれだけじゃなくてな。実はカエデの知識と経験を見込んで一つ頼みたいことがあるんだが、いいかな？」

「頼みたいこと、ですか？」

いままでの話の流れからすると調理班のお手伝いのことかな？　なんて思ったけれど、団長の口から出たのは意外な言葉だった。

「この団の金庫番を手伝ってもらえないかと思ってるんだ」

予想外のことに、ぽかんとしてしまう。しばらく固まってから、驚いて上擦《うわず》った声で尋ねる。

「え？　金庫番って、ナッシュ副団長がされてるんじゃなかったでしたっけ？」

「ああ、そうだ。でも、その、なんだ。アイツは副団長として他にも色々仕事を抱えてるから、金庫番の仕事の一部分だけでもカエデと分担できたら助かると思うんだ」

たしかに、ナッシュ副団長はいつも忙しそうにしている。団長の補佐としていろんな雑務もこなしているし、炎《ほのお》魔法の使い手ということもあって魔物討伐《とうばつ》には必ず参加しているようだし。

金庫番というのは、つまり経理の仕事だ。ナッシュ副団長は団のお金を一手に管理していた。経理の仕事というのは日々の細かなやりとりも多くて、案外手のかかる仕事だもの。魔物討伐で団を離れる時間の長い副団長が一人でやるのはたしかに大変そう。

その点、私は魔物討伐に行くこともないから、彼がいない間の穴を埋めるにはちょうどいい。

そう思って、快《こころよ》く返事をした。

「わかりました！　いいですよ」

返事を聞いて団長の顔がパッと明るくなる。

「本当か⁉　助かるよ！　ありがとう！」

そう言うと私の両手をとって、嬉《うれ》しそうに何度も上下に振った。

団長は黙っていると強面《こわもて》だけれど、笑うととたんに人懐《ひとなつ》っこい表情になる人だ。もう五十前後なのに魔物討伐ではこの団一番の強さを誇《ほこ》るんだって、フランツも言ってたっけ。そのうえ、団の代表として忙しいはずなのに、騎士団のすみっこでお手伝いしてるだけの私のこともちゃんと見てくれる。きっと団員一人一人を日頃からよく見ているのだろう。そんな人が団員さんたちから慕《した》われないわけがなく、みんな彼のことを一目《いちもく》も二目《にもく》も置いている空気は常々感じていた。

もっとも、仕事がオフのときに二日酔いで救護班の簡易ベッドに倒れ込んでるのも何度か見かけたことがあるけどね。団員さんたちに、何で弱いのに飲むんですかって窘《たしな》められて肩を狭めてしゅんとしてたっけ。そういう優秀な団長としての側面と、どこか憎めない親しみやすさのある側面。その二面性もまた、この人がみんなから慕われる理由なのかもしれない。

「じゃあ、ナッシュには俺の方から話しておくから。手が空《あ》いたら手伝ってやってくれよ」

手を離すと、団長は大焚き火の方へと戻っていった。

ナッシュ副団長のお手伝いかぁ。そういえば、ヴィラスで評議会の人たちに自己紹介したとき、副団長は私のことを金庫番補佐だって紹介してくれてたっけ。あのときは便宜上《べんぎじょう》そうしただけだったけど、それが現実になってきちゃった。

ナッシュ副団長がどうやって団のお金を管理してるのかも前から興味あったし、経理なら自分の知識や経験が活《い》かせそうで、少しワクワクもする。

団長との話が終わったあと私も大焚き火の傍へ戻ると、テオたち調理班が夕飯の準備をしていた。料理テーブルの周りに従騎士さんたちが集まっていて、みんなで拾ったあのムーアの葉っぱにくるくると北部イモを包み込んでいる。

「私も手伝っていいかな？」

そう声をかけると、作業の手を止めてアキちゃんが顔をあげた。

「あ、おねがいします」

一枚一枚洗って積み重ねられた葉っぱがテーブルのすみに重ねられている。その隣には北部イモの山。

それぞれの山から葉っぱとイモをひとつずつ手に取る。

「お手本、見せてもらってもいいかな」

「はいっ。こうやって、葉っぱの先の部分にイモをのせて、こんなふうにくるくるっと」

ムーアの葉っぱは楕円形をしている。そして、先端が少し細くなっていて、もともと枝にくっついていたお尻の部分は少し太い。そのお尻のところには葉脈が伸びた細い茎がついている。

アキちゃんは葉っぱの先端に北部イモをのせると、クルクルと巻きながら余った周りの部分を折り込んでいく。そしてお尻の部分までくると、その先に伸びた茎を葉っぱに差し込んで留めた。

「ありがとう。ちょっとやってみるね」

私も見よう見まねで巻いてみた。葉っぱは見た目よりも柔らかくて折り込みやすい。そして茎の部分を差し込んで開かないように留めると、ほらできた。

「うわぁ。お上手《じょうず》ですね。僕、なかなか上手《うま》くできないのに」

そう言ってテオは目を見張る。ふふふ、これでも一応、折り紙の国の人ですもの。

テオは上手く葉っぱを巻き込めないようで、葉っぱには何度もやり直したあとがついていた。なんでもそつなくこなして頭の回転も速いテオも、そんなふうに苦手なものがあるのね。おぼつかない手元を眺めていると、つい手を出したくなってしまう。

「これはね。こうやって……」

テオの後ろに回ると、背中越しに両脇から手を出すようにして彼の目の前で包んでみせる。テオは小柄で私よりも背が低いから肩越しでも手元が見えるの。

「ね。こうやると簡単でしょ？」

「は、はい……」

テオは口ごもって俯いてしまった。あれ？　よくわからなかったかな。もう一回やって見せた方がいいのかな？　と迷っていたら、隣で葉包みをやっていたアキちゃんがクスクスと笑った。

「もう大丈夫ですよ。ね？　テオ？」

アキちゃんに言われて、テオは俯いたままコクンと頷いた。

そっか。あんまり子ども扱いしても悪いもんね。私は自分がもともと立っていた場所に戻ると、新しいムーアの葉に次のイモを包み込む。

たくさんあった葉っぱとイモも、みんなでやればあっという間に包み終わってしまった。このあとどうやって調理するんだろう？　包むっていうことは蒸すのよね、やっぱり。でも、ざっと数えただけでも全部で百個以上ある。これだけの量をどうやって蒸すんだろう。

なんて興味津々《しんしん》に眺めていたら、テオとルークが二人でスコップを持ってくると、大焚き火から少し離れたところに穴を掘り始めた。

降り積もったムーアの葉っぱが折り重なってできた地面だから、従騎士二人の力でもまるでスプーンでアイスを掬《すく》うようにサクサクと穴が掘られていく。そして二人の足が埋まるくらいの深さまで掘ると、底にあらかじめ拾ってきていた小石をしきつめる。それが終わると、今度はその上に先程の葉包みを並べて入れた。

そのあと、乾燥して茶色くカラカラになったムーアの葉を重ねて蓋をし、その上にタキギをくべて大焚き火からもらってきた火をつける。なんとも面白い調理方法だね。

「さあ、これで準備完了です。しばらく火を消さないように注意しながら置いておくとできあがりですよ」

傍でしゃがんでずっと作業を眺めていた私に、そうテオが声をかけてくれる。

「火の番はルークに任せて、その間にスープも作っちゃいますね。明日は街に行けるので、残っていたハムやソーセージも全部入れてしまいましょうか」

「私もお手伝いするわね。街かぁ。今度の街はどんな街なんだろう」

テオが騎士さんたちの泊まっているムーアへと歩いて行ったので私もその後ろについていく。どうやらその一階が食材庫になっているようだけど。

「さむっ……!!」

入った瞬間、全身に鳥肌《とりはだ》が走った。

ムーアの一階が、冷凍庫みたいに寒くなってる！

どうやらそこが食材庫になっていて、保管している食材が傷《いた》まないように氷魔法がかけられているらしい。天井には氷柱《つらら》までさがってるよ。

「クロード様が、頻繁《ひんぱん》に氷魔法をかけてくださってますから」

「そっかぁ。でもここに食材庫があると、騎士さんたちは自分の部屋に戻るのにいちいち寒い思いをしなきゃいけないんだね。気の毒といえば気の毒かも」

そんなことを話しながら、今日のスープに使う食材を手分けして運び出す。

食材庫の外に出ると、湿《しめ》り気《け》をもった温かな風がむわっと身体の周りに戻ってきて、凍《こご》えた身体を一瞬で溶かしてくれた。

その日の夕食は、北部イモのムーア葉包みに、ソーセージたっぷりのスープ。それに堅パンだった。

できあがった夕飯をみんなに配り終えると、私はいつものように待っていてくれたフランツの隣に腰掛けた。パンは、堅いから最初からスープに浸しておこう。スープ皿を膝におくと、まずは手に持っているムーア葉包みから食べてみることにする。

葉包みはまだじんわりと熱を持っていて温かい。葉っぱをほどいて開くと、中からホカホカに蒸された北部イモが顔を出した。

一口かじりつくと、ホロッと口の中で崩《くず》れる。

「うわっ、はっあつっ……！」

うっかり口に頬張りすぎて熱さに慌てていると、フランツがすぐにカップを差し出してくれた。

「ほら、水」

「ふわっ、ふぁりはとう」

「いいから、ゆっくり飲みなって」

ゴクゴク。冷たい水が、かっかと口の中で熱さを放っていたおイモを冷やしてくれる。

「ふわぁっ。口の中、火傷《やけど》するかと思った」

今度は落ち着いて、フーフーと冷ましてからかじりつく。うん。ほんのりとした甘みが口の中に広がった。これは、まさしくジャガイモのホイル焼き！

しかもじっくりと時間をかけて加熱されているから、とってもほくほく！

つい美味しくて、冷ますのもそこそこにハフハフしながらかじりついてしまう。

隣を見ると、フランツもやっぱり夢中でハフハフと北部イモにかじりついていた。

目が合って、なんとなくお互い笑い合う。美味しい物を食べていると、みんな笑顔になるよね。

夢中で北部イモの葉包みを食べ終わったころには、堅パンはスープを吸ってすっかり柔らかくなっていた。それをスプーンでほぐして口に入れると、ソーセージの旨味《うまみ》がたっぷり出たスープが染みこんでいてこちらも美味しい。

「そういえば、明日は街に出られるんだよね。次の街はなんて言う名前なの？」

私に聞かれて、フランツはソーセージをモグモグしながら答えてくれる。

「ここから近いのは、アクラシオンだな」

アクラシオン……あれ？　どこかで聞いた覚えのある名前だぞ？　パンをほぐす手を止めて少し考えていると、唐突《とうとつ》に思い出した。

「あ！　あの、フランツが妹さんにお土産買いたいって言っていた、あの⁉」

私が覚えていたことが嬉しいのか、彼はとたんに目尻を下げて笑顔になる。

「そうだよ。よく覚えていたなぁ。カエデに話したのはもう何ヶ月も前なのに」

「覚えてるよー。フランツの目標だもんね。あ……じゃあ、ついに明日買うの⁉」

期待を込めた目で見ると、彼は照れくさそうにはにかんだ。

「うん。明日、リーレシアのお土産を買いに行こうと思うんだ。もし時間あったら、選ぶのカエデにも手伝ってもらえないかな。その……女の子が欲しがる物って、あまりよくわからなくてさ」

「もちろん！」

頼まれなくったって、ついて行きたいくらい。

アクラシオンとお土産選び、楽しみだなぁ。

翌日、朝ご飯を食べたらさっそく荷馬車でアクラシオンへと向かった。

最初にクロード率いる調理班の荷馬車で街へ行って、食材の調達が終わったらフランツと合流する予定。

アクラシオンは工芸の街として有名なんだって。

街の規模自体は、一番最初に行ったロロアの街と同じくらいかな。

そうそう。最近は私の提案で、買出しに行くときはみんな私服で行くようになったんだ。そうすれば、騎士団の人だって見た目でわからないから、ぼったくられる可能性が減るでしょ？

クロードは、こざっぱりした白シャツにアイボリーの綿ズボン。テオも生成《きな》り色のシャツに少し丈の短いブラウンのズボン。アキちゃんはラベンダー色のワンピースを腰の辺りで細紐でとめている。

そうして四人で店や露店を眺めながら通りを歩く。色とりどりの野菜や穀物、家畜を売っている店に古着屋さんや、何を売っているのかよくわからない店までたくさんの店が並んでいておもしろい。

それに地域が変わると、並んでいる野菜や穀物の種類も変わってくる。

それは家畜にもいえるみたいで、ロロアの街では食用の鳥は私の世界のニワトリの二倍くらいの大きさだったけれど、ここの鳥はさらに大きくて三倍以上あるの！

あの大きなクチバシと目で、クエッ！　て鳴かれたときはびっくりしたけれど、お肉屋さんで頼むとその場で捌《さば》いてくれるのはこの街も一緒。既に捌かれた小さなお肉も売ってはいたけれど、騎士団は大所帯で量を買うので、何羽か丸ごと捌いてもらった。鳥さん、ありがとう。おいしくいただきます、と心の中でこっそり感謝。

手に持てるだけ食材を買うと、駐車場に置いてある荷馬車に荷物を置きに戻ることにする。その道すがら、通りがかった屋台から良い匂《にお》いが漂《ただよ》ってきた。

見ると、串《くし》に刺した肉を七輪《しちりん》のようなもので炙《あぶ》っていた。濃い色のタレがたっぷりついていて、じゅーじゅーと炭に肉汁が落ち、なんともいえず香ばしい匂いが辺りに広がる。

それを嗅《か》いだせいか、ぐーっとお腹《なか》が鳴ってしまって私は急いで腹筋に力を込めた。もう。なんですぐ鳴るんだろう、私のお腹。たしかにもう昼も近いけど。

さっき肉を解体するところを見たばかりだってのに、もうお腹すくなんて。初めて見たときは半日は何も喉《のど》を通らなかったのに、私もずいぶんこの世界に馴染《なじ》んできたのかもしれないなぁ。なんて、つい足を止めて串焼き肉を眺めていたら、前を歩いていたクロードも足を止めてこちらを振り返る。

「買うのか？」

「あ、いや……そういうわけじゃ」

なんて言っている傍から、もう一度お腹がぐーっと鳴った。

慌ててお腹に手をあてて腹筋に力を入れる。まったくもう、恥ずかしいったらありゃしない。クロードに聞こえたかなと心配になって見上げると、彼は串焼き屋の親父《おやじ》さんに声をかけた。

「親父。その串を五本くれ」

「あいよ」

クロードはそのまま何も言わずに、親父さんから受け取った串をテオとアキちゃん、それに私に渡してくれて会計を済ませた。

「え、あ……私も払うよ！」

慌てて肩から提げていたお買い物用のポシェットから財布《さいふ》を取り出そうとする。

私も団のために何かと働いているからということで、給料の一部というかたちで少しお小遣いを貰えたんだ。だから串焼き肉くらい自分で買えるのに、クロードに手で制されてしまう。

「別に、これぐらいいい。留守番をしているルークになんか買っていこうと思っていたからちょうどよかっただけだ」

そう抑揚《よくよう》のない声で、にこりともせず言われてしまった。

そ、そっか……。テオとアキちゃんは、ありがとうございます！　と言って美味しそうに串を食べている。

じゃあ、私もお言葉に甘えて。

串をかじると、とても熱々。少し歯ごたえのある肉は鶏肉とは違っていて、どちらかというと豚《ぶた》に近いかも。脂身《あぶらみ》も甘くてとてもジューシーなその肉に、甘辛《あまから》いタレがよく絡《から》んでいてほどよく小腹を満たしてくれた。

つい夢中でハフハフ食べていたら、こちらを見ていたクロードと目が合う。

その目が一瞬、フッと優しく笑ったような気がした。

買った食材を駐車場に置いた荷馬車に積み込んでいると、ちょうど入り口の方から馬に乗った数人がこちらに駆けてくるのが目に入る。

遠目でもわかる、見慣れた制服。西方騎士団の人たちだ。その中の白馬に乗る人がこちらに手を振ってくる。あれは、フランツだね。

私も手を振り返すと、彼は一緒に来た騎士さんたちと二言三言言葉を交わして別れると、ラーゴに乗ったままこちらにやってきた。そして、私たちの荷馬車の上に山と積まれた食材に目を留める。

「ずいぶん買ったんだな。もう、買出しは終わり？」

荷馬車のすぐ横にラーゴを寄せると、身軽な動作でトンと地面に下りた。その彼に、荷台へ布を被《かぶ》せて荷馬車の端に留める作業をしていたクロードが手を止めて答える。

「ああ。だいたいな」

「じゃあ、カエデ借りていってもいい？　リーレシアへのお土産を一緒に選んでもらうって約束してたんだ」

それはぜひ一緒に行きたい！　でも、まだ買出し途中だけどいいのかな。と思ってクロードを見ると、彼は小さく苦笑を浮かべた。

「今日買う予定だったものはあらかた買ったから、あとは好きにするといい。帰りはラーゴに乗せてもらえば帰れるだろ」

「うん。ありがとう、クロード」

手を振って彼らと別れ、私はフランツのあとについていった。

彼は駐車場の隅《すみ》に立っている柵《さく》へとラーゴの手綱《たづな》を結ぶと、ラーゴの前に桶《おけ》に入れた水と飼い葉《かば》を運んでくる。

隣には同じようにのんびりと飼い葉を食べている馬が三頭。どの馬にも耳にピアスのように小さなタグがついていて、ピコピコと時折耳を動かすたびにタグが揺れるの。そのタグには西方騎士団の紋章《もんしょう》の焼き印が押されている。この馬たちはさっきフランツと一緒に街に来た騎士さんたちが乗っていた馬だね。

もちろんラーゴにも、西方騎士団のタグがついている。そのラーゴの鼻筋をフランツは優《やさ》しく撫《な》でると、こちらを向いてニコッと笑った。

「さぁ、行こっか。お腹はすいてない？」

「うん。さっき串焼き食べちゃったから」

「そっか。じゃあ、もう工房通りへ行ってみるかな」

フランツはそう言うと、市場に向かうのとは別の通りへと歩き始めた。市場も人は多かったけれど、こちらも同じくらい人通りが多い。

みんな工房へ買い付けに来たり、工房関連の仕事をしている人たちなのかな。わざわざフランツがここでお土産を買いたいというくらいだから工芸品を買い付ける人で賑《にぎ》わっているだろうなと思っていたけれど、想像以上の賑わいだった。

反対方向からも人や荷物を積んだ荷馬車がやってくるので、うっかりするとフランツから離れてしまいそうで少し不安になる。すると、前を歩いていた彼が振り向いて急に私の手を握ってきた。

「迷子《まいご》に、なったら大変だから」

そう、ぼそっと言うフランツ。

「う、うん……」

そういえば、ロロアの街で迷子になったときも、こうやって手を繋いで歩いてくれていたっけ。

あのときはガラの悪い人たちに絡まれたショックが大きくて手のことまであまり気が回らなかった

けど、こうやって改めて手を握られると彼の手の大きさと温かさに驚かされる。私はどちらかというと冷え性《しょう》気味だから、彼の手の平から伝わるぬくもりがとても心地よかった。

そうやって彼の手に気を取られて歩いていたので、周りの景色はあまり見えていなかった。

「ほら。ここが工房通りだよ」

そう彼に言われて顔を上げる。

目の前には、思いがけない光景が広がっていた。

「うわぁ……」

通りの両側にお店が並んでいるのは、他の通りとさほど変わりはない。

でも違ったのは、あちこちの店から色とりどりの淡《あわ》い光が現れては消えること。それはまるで、小さな花火が爆発したみたい。音はないのに、赤や黄色、緑に青。色とりどりの光が生まれては消えていく幻想的な光景が目の前に広がっていた。

「ここの工房通りは、魔石《ませき》入りの銀細工で有名なんだ」

「魔石?」

「魔力を帯びた結晶のことだよ。魔力自体は大地のどこからでも湧《わ》いていて、とくにそれが濃い地域は魔物も湧きやすくなるんだけど。それが結晶化したものが魔石。もともとは青みがかった色をしていて、そこにいろんな効果の魔法を込めることで色が変わるんだ。人気があるのは防御《ぼうぎょ》効果がある魔石かな」

通りに面した窓から店の中を覗いてみると、皮のエプロンをつけた職人さんたちがカマドのようなものに置いた小皿で銀を溶かしたり、足でフイゴのようなものを踏んで円盤上のヤスリを回転させて研磨《けんま》したりしていた。

魔石と呼ばれる結晶を研磨したり削ったりすると、あの色とりどりの火花が飛ぶみたい。職人さんが小さなノミのようなものをあててハンマーで石の塊《かたまり》を打つと、そのたびにパッと青い光が建物の外まで広がる。その幻想的な様子に、つい見入ってしまった。

「魔石は加工が難しくて、熟練した職人しか扱えないんだよ」

「そうなんだ。あ、じゃあ、リーレシアちゃんのお土産も魔石入りの銀細工?」

尋ねると、フランツはこくんと頷いた。

「そう。やっぱ、そういうのがいいかな。防御効果のあるやつにしようかなって思ってる。家にいるぶんには警備の人間もたくさんいるから危ない目にあうこともないだろうけど、転んだりするかもしれないだろ?」

転ぶときのために魔法のアイテムを持たせるってどれだけ過保護なんだろう、と思わなくもないけれど、それでフランツの心配事が減るならまぁいいか。

どの工房も入ってすぐのところにテーブルや台が置かれていて、そこに商品の工芸品が並んでいる。その奥に作業場があるようで、店と作業場が一体になった造りをしていた。商品には値札がないものも多いけど、工房の人に尋ねると値段や魔石の効果などを細かく教えてくれる。

工房によってアクセサリーが得意なところや実用品が得意なところなどいろいろあるみたい。

そうやってフランツと一緒にいろんな工房を見て回った。その間も手はしっかり握られたままだったけれど、人が多くて迷子になったら大変だもんねと自分を納得させた。さすがに工房の中にいるときは手を離してくれたし。

いろいろな工房を見て回って、最後に通りの奥にある工房に入ったとき。

「きれい……」

その工房には、他のところとは比べものにならないくらいたくさんの銀のアクセサリーが並べられていた。デザインも凝《こ》っていて可愛らしいものが多い。

「リーレシアには、どれが似合うかな」

フランツに言われて、前に肖像画で見せてもらった彼女の顔を思い浮かべる。幼さの残る可愛らしいふっくらとした頬。フランツと同じ金色だけれど、彼と違ってふわふわとしたゆるくウェーブを描く長い髪。エメラルド色をした宝石のような瞳。まだあどけない可愛らしさたっぷりだけど、そろそろ背伸びもしてみたい年頃じゃないかな。

そうなると……。

「これなんてどうかな」

一つのブローチを手に取る。真ん中に置かれた乳白ピンクの石に可憐《かれん》な薔薇《ばら》のような花が彫刻されているブローチ。その周りには銀細工が施《ほどこ》されていて、小さな宝石のような石がちりばめられている。甘さと気品を兼ね備えたデザインは、きっとリーレシアちゃんによく似合うと思うんだ。

「おおっ、いいなぁ。リーレシアが好きそうだ。ついてる魔石もこの色は防御魔法みたいだな」

やっぱりこの周りについている宝石みたいなものが魔石らしい。透明度のあるオパールといった感じの石で、中に虹を閉じ込めたように角度によってキラキラと色を変えた。

「いくらなんだろう」

フランツが店の人に聞くと、そのブローチは銀貨六枚するらしい。

同じようなデザインでも、魔石のついていないものはもっと安く手に入るんだって。他にもいくつか見て回ったけれど、結局最初に私が選んだあのブローチがいいみたい。

でも、彼が持っているリーレシアちゃんへのお土産予算は銀貨五枚。どうするんだろう？　と見ていたら、フランツは工房の人と値段交渉を始めた。

その間、私はフランツから少し離れて他のアクセサリーを眺めていた。

髪留めに、ブローチに、ペンダント。いいなぁ。どれも本当に可愛らしい。

ただ見ているだけでも、心がウキウキして楽しいもの。どのアクセサリーも細《こま》やかな細工がされて、キラキラと輝いてる。パーティドレスとかに合わせると、きっと華やかなんだろうな。

そうやって見ていくうちに、素敵なブレスレットを見つけて思わず手に取った。

草花が絡み合ったような繊細《せんさい》なデザインの銀細工。銀で形づくられた小さな花が可愛らしくて、実のようにオパール色の魔石がついている。

でも、とても高そうで私のお小遣いじゃ買えないや、とそっとブレスレットを台の上に戻した。

そうこうしているうちに、フランツの交渉も終わったみたい。

工房の人に小箱に入れてもらっているところを見ると、上手く買えたのかな？

「どうだったの？」

「ばっちり。なんとかギリギリ買えたよ」

そうフランツはニコニコと嬉しそう。念願のお土産が買えて良かったね。このために節制を頑張ったんだもんね。彼の笑顔を見ていると、私まで嬉しくなってくる。

「選ぶの手伝ってくれてありがとう」

「ううん。私も楽しかったから」

贈り物を選ぶのって、自分のものを選ぶのと同じくらい楽しい。

そして、帰り道もやっぱり手を繋がれてしまったのだった。

「フランツ、もう大丈夫だよ。だいたい道も覚えたし」

そう言うのだけど、フランツは手を離してくれない。少ししてから、どことなく恥ずかしそうに。

「……繋いだままじゃ、嫌かな……？」

彼は前を向いたままぽつりと言った。え？　と一瞬、心臓が飛び跳ねそうになったけど、

「……ううん。嫌じゃない……」

なんと答えていいのかわからず、顔が熱くなって俯いたまま、ただそう答えた。嫌なわけ、ないもの……。結局、ラーゴのところにたどり着くまで手は繋ぎっぱなしだった。

駐車場では、のんびりと飼い葉を食《は》んでいたラーゴが、もう行くのか？　というような顔でのっそりと首を上げる。他の騎士さんたちの馬はまだそこに繋がれたまま。きっと、酒場で一飲みしてるんだろうな。

「フランツは、もうこのまま帰るの？　他の騎士さんたちと合流しなくていいの？」

「ああ。いいよ。財布の中身も、もうすっからかんだし」

フランツはそう言いながらも、どこか嬉しそうに笑うのだった。

「ほら。乗って？」

「どうやって乗ればいいんだっけ」

馬って近くで見ると、想像以上に大きい。ラーゴの背に手をつくものの、とうてい自分ではよじ

登れないし、アブミにだって足が届きそうにない。

「ちょっと掴《つか》むよ。それっ」

もたもたしていたらフランツが私の腰を掴んで、軽々ひょいっと持ち上げてくれた。

「きゃ、きゃっ……え、えと、どっちの足だっけ」

「左足。それをラーゴのアブミに入れて。そうそう、上手。俺が支えてるから、そのままラーゴに跨《また》がってごらん」

言われたとおりにすると、すんなりラーゴの鞍《くら》の上に乗ることができた。

手綱を掴んでほっとしていると、私の後ろにフランツも跨がる。

「さあ。帰ろうぜ」

「うん」

彼が軽く足で合図すると、すぐにトットットとラーゴは街門の方へと歩き出す。そして門を抜けるとすぐに足が速まった。馬に乗るのは何度目かだけど、初めてのときのような不安はもう全然ない。あのときとは違う、ラーゴとフランツに対する信頼感がそうさせるのかもしれない。

風でスカートがめくれてしまわないように気をつけながら。夏の暑さの中、風を感じながら走り抜けるのは、とても爽《さわ》やかで心地良かった。

キャンプへ戻ったあと、その日の午後は救護班の入っているムーアの二階でポーションの整理をすることにした。明日から正騎士さんたちは魔物討伐に出かけるから、その間に私はレインと一緒に街へポーションの買出しに行こうと思うんだ。

そのために在庫数をチェックしておいて、あとでサブリナ様と何を幾つ買い足してこようか相談するつもり。

すると、階段の下から何やらざわざわと人の声が聞こえてきた。

なんだろう？　と思って階段を下りていくと、簡易ベッドなどが置いてある救護班の一階に騎士さんたちが四、五人集まっていてレインと何やら話している。

怪我でもしたのかな？　と思って、

「どうしたんですか？」

そう声をかけたら、騎士さんたちが一斉に私の方に集まってきた。

「カエデ！　そこにいたのか！」

「俺にも教えてほしいんだ！」

「フランツの、あれ、どうやるんだ？」

わらわらと私の周りを取り囲み、口々にそんなことを言う騎士さんたち。

「え？　え？　ちょっと待ってください。……なんのことですか？」

訳がわからず困っていると、いままで彼らの相手をしていたレインが弱った顔をして助け船を出してくれた。

「カエデ。フランツに何か教えたかい？」

「え……フランツに？」

何か教えたって、何のこと？　心当たりがなくて、きょとんとしてしまう。

「なんでも、カエデのおかげで今年は妹へのお土産を買えたって、フランツが街から帰ってきて自慢しているらしいんだ」

「お、おお……」

ポンと手の平を叩く。そのことか。たしかにお小遣い帳の書き方と、それを使ったお金の管理の仕方を一緒に考えたりしたけれど。

「みんな、その話を聞きつけてきたらしいんだ。カエデにその秘訣《ひけつ》を教えてほしいんだって」

レインのその言葉に、周りの騎士さんたちも大きく頷く。

「あのフランツが、妹さんのお土産買えるだなんて。いつも、遠征の前半で金使い切ってクロードにしょっちゅう頼み込んで借りてたアイツがさ！」

騎士さんの一人が、『あの』の部分をやたら強調しながら言う。フランツ、去年まではそんなにお金の管理のできない人だったんだね……。

「俺も妻への土産を買いたいんだ。どうか教えてくれよ」

「僕は母に何か買ってあげたくて」

「私は、その手法というのを知りたいだけなんだ」

そう口々に言いながら、みんなが迫ってくる。

「わ、わかりました！　わかりましたから。お教えしますから！　でも、もう遠征もあと少しだから、いまから貯めてもたいして貯まりませんよ？　役立つのは次の遠征のときからで、いまはそのための練習くらいしかできませんが。それでもよければ」

みんなそれでもいい、フランツが何をしていたのかを知りたい、と言う。じゃあ他にも希望者がいるかもしれないからと募《つの》ったらどんどん人が集まり、結局、講座のような形でみんなに教えることになってしまった。

翌日、正騎士さんたちが魔物討伐から帰ってきた夕方ごろ。

ムーアの木の間の広場で、みんなで机を持ち寄ってお小遣い帳講座を開催することになった。しかも、希望者を募ったら、二十人以上も集まったの。

若い従騎士さんから、一番上は五十代……。

「というか、なんで団長まで来てるんですか」

一番前の席にちゃっかり座っているゲルハルト団長は、アハハと頭を掻《か》いて笑った。

「いやぁ、俺も教えてもらおうと思ってさ。いっつも母ちゃんに何も買っていけなくてよ？」

そこにすかさず、

「団長の場合は、全部飲んじゃうのがいけないんじゃないですか？」

後方からそんなヤジが飛んできて、あちこちから笑いが起きる。うん。飲んじゃったうえに、二日酔いで吐いちゃうからほとんど地面に捨ててるんじゃないかな、団長さん。

「とりあえず、始めますからね！」

私一人じゃ不安なので、フランツとクロードにも手伝ってもらうことになった。

みんなに紙を配って、以前フランツに教えたお小遣い帳と同じ物をみんなにも作ってもらう。

すぐにコツをつかんですらすらと書ける人もいたけれど、なかなか表の意味を理解できない人や計算が苦手な人もいて、躓《つまず》いている人のところへ私やフランツたちがついて手取り足取り教えた。

でも最後には、みんなすごく目をキラキラさせて、自分が作ったお小遣い帳を宝物のように持っ

て帰っていったんだよ。去り際、

「カエデ、ありがとう！」

「なんだか僕、少し賢くなったような気がする」

「俺、やってみるよ。できるようになったら弟にも教えてやるんだ」

そんなことを言いながら、口々に感謝の言葉をのべてくれた。ぎゅっと抱きしめてくれる人もいたけど、そんなときはフランツがいつのまにかスッと寄ってきて引《ひ》き剥《は》がしてくれたっけ。

でも、自分のことを自分でコントロールできるようになる、予定どおりに行動できるようになるってすごく自分の自信に繋がることだと思う。私も、初めてお金を貯めて大きな買い物をしたときはすごく達成感があったもの。

みんながそんな達成感を味わう一歩を踏み出してくれたのなら、これ以上嬉しいことはない。

最後の一人を笑顔で見送って後片付けを始めていると、こちらに近づいてくる人影があった。顔を上げてそちらに目を向けると、やってきたのはナッシュ副団長だった。

「やぁ。ずいぶん、盛況《せいきょう》だったみたいだね」

そう柔らかな笑顔をたたえて労《ねぎら》ってくれる。

「はい。こんなにたくさんの人に一度に教えるのは初めてだったから、うまく教えられたか自信はあまりありません。でも、みんなが今日教えたことを実践《じっせん》できるように、これからもちょくちょくみんなの間を回ってお手伝いしていこうと思います」

心地よい疲労感とともに、私も笑顔でそう答える。

副団長は机に置いてあったお手本のお小遣い帳を手に取って眺めた。

「キミは、すごいな。キミが来てから、うちの騎士団もずいぶん変わったよ」

「そう……ですか？」

変わったと言われても、私は自分がここに来る以前の騎士団の様子をあまり知らない。この世界に来たばかりのころは、精神的にいっぱいいっぱいで周りを見る余裕《よゆう》なんてなかったからあまり覚えていないし。

「意識が変わった、とでもいうのかな。いままでだったら、こんなふうに彼らが自分からお金の管理の仕方を教えてほしいと言うなんて考えられなかった。それもこれも、キミがもたらした数々の成果を見ているからだろうね」

団長にも似たようなことを言われたけれど、何か良い影響を残せたのならいいな。

「お金って……あまり表には出ないけど。でも、いろんなものに大きな影響を与える血液みたいなものなんですよね。足りなくなると、その部分は弱ったり死んだりしてしまう。私も前の世界でお金を扱う仕事をしていて、裏方だけど会社……っていうか組織を支える仕事なんだって思ったりもしていました」

決して、表舞台に出ることはない仕事。うまく循環《じゅんかん》していて当たり前の仕事。でも、そこをしっかり支える人がいないと会社も組織も死んでしまう、大切な役割。経理の仕事ってそういうものなんだと私は思ってる。

この騎士団で金庫番をしている副団長を前にちょっと偉そうだったかなと少し心配になりながら彼に目を向けると、彼はどこか眩《まぶ》しい物を見るような目で私のことを見ると小さく頷いた。

「そうだね。地味だけど、とても大切な役割だ。もしかしたら、私よりも君の方が金庫番には向いているのかもしれないね」

「えええっ。副団長は、この大所帯の騎士団をしっかり支えてらっしゃるじゃないですか」

そう言うと、彼は弱く苦笑した。

「まぁ、なんとかなってると言うべきかな」

「そんなことは……あ、そうだ。私、ゲルハルト団長からナッシュ副団長の金庫番の仕事を手伝ってほしいって言われたんです」

「ああ、聞いてるよ。今度こそ、名実ともに金庫番補佐ってわけだね」

「よろしくお願いします」

「ああ、こちらこそ。もし時間があれば、早速明日から頼むよ。処理できていないものがたくさんあってね」

「はい。明日、討伐からお戻りになったらそちらにお伺《うかが》いします！」

金庫番補佐、か。ようやく私にもらえた役割。この騎士団のお客様じゃなく、やっとメンバーの一員として迎え入れられたような、そんな誇らしい気持ちがしていた。


翌日の夕方、魔物討伐から戻ってきた副団長にさっそく西方騎士団の経理の仕方を教えてもらうことになった。

場所は騎士さんたちのムーアの一室。さすが騎士団の幹部だけあって、ワンフロアの半分が副団長のスペースらしい。もう半分は団長のなんだって。

そこに置かれた木製のテーブルの上で、副団長が西方騎士団の帳簿を見せてくれた。

そう、騎士さんたちがあまりに家計簿やお小遣い帳的なものを知らないので、もしかしてこの世界には帳簿のようなものはないんじゃないかって心配になったりもしたけれど、副団長はお金を管理するためにちゃんと帳簿をつけていたみたい。

でも、その帳簿を見せてもらったとき、

「……これ、ですか？」

思わず上擦った変な声が出てしまった。

見せてもらった縦帳簿《スクロール》の紙。そこにぎっしりと文字と数字が書き込まれていて、見た瞬間目眩《めまい》がしそうになる。

「そう。これなんだ。わかりにくいだろ？　でも、先代の金庫番だった前副団長から書き方を教わった物なんだ。それにさらに自分なりに色々書き足していったら、自分でもしばらく考え込まないとよくわからないものになってしまったんだ」

そうか。帳簿というものは存在していても、一般化された会計ルールみたいなものは存在しないから、帳簿をつける人が独自ルールで書いていって、それを承継した人がさらに独自ルールで……ということの繰り返しで複雑怪奇なものになっていくわけね。

「これって、誰かに見せたりはするんですか？」

私が尋ねると、副団長は顎《あご》に手を当てて小首を傾《かし》げる。

「たまにゲルハルト団長には見せることはあるよ。それと王都に戻ったときに、騎士団全体を統括《とうかつ》している騎士団本部に提出はする。でも、やっぱりわかりにくいよね、これ」

おそらくだけど、他の人たちはこれを見せられてもちっとも理解できないだろう。副団長の説明をそのまま信じるしかなかったんじゃないかな。もしかすると、団長は私なら理解できるかもしれないと思って私に金庫番補佐の仕事をさせることにしたのかもしれない。

「頑張って理解するので、ぜひ教えてください」

副団長を見上げてそう頼むと、彼は口端をあげて小さく微笑《ほほえ》んだ。

「そうしてもらえると、ありがたいよ」

でも、そう言う副団長の目はどこか不安げな色を帯びているよう。私では頼りなく思っているのかな。その不安を払拭《ふっしょく》できるように頑張ろう、とちょっと志《こころざし》を新たにする。

そして早速はじめの取引から教えてもらったのだけれど、始めて数分でこれは厄介《やっかい》なことを引き受けたぞ！　と内心冷《ひ》や汗《あせ》を感じ始める。

騎士団の帳簿は、単純に言うと単式簿記。お金の出し入れだけを記帳しているものだった。これは、フランツや騎士さんたちに教えたお小遣い帳と基本は同じ。

だけどこれだけ大所帯の騎士団の半年分の帳簿なので、個人のお小遣い帳に比べると記帳すべきものは遥かに多い。それをお金の出し入れに合わせて追加でごちゃごちゃ書いていったり、途中から財産目録のように本来なら別に帳簿を作るべきものも一緒くたにして書いているので複雑怪奇になっているというのがだんだんわかってきた。

わかってきたけれど、一つ一つの取引の実体をこのごちゃごちゃ書いてある帳簿《スクロール》の中から探し出して頭の中で組み立てるのは、まるでミステリーでも解いているかのように大変な作業になる。

副団長が空いている時間だけではとうてい足りそうになかったので、翌日からは彼が討伐に出ている間もこの帳簿《スクロール》を借りてにらめっこすることにした。そのうち、眺めているだけでは頭の中で

理解したものが整理しきれないので、帳簿《スクロール》から解読したものを自分なりの帳簿を作ってそこに書き込んでいくことにする。

自分で作ったもう一つの騎士団の帳簿は、単式簿記ではなく複式簿記を簡略化したような様式にしてみた。こうすると、お金の出し入れだけじゃなく、武器や食材といった資産がどの程度増えたのかわかりやすいし、私が調理班や救護班でつけている在庫表と一緒に見比べると騎士団の財政状況とお金の流れがかなり正確に掴めるもの。

ここのところ日中はそうやってテーブルについて作業することが増えてしまったから、調理班のみんなと夕飯を作るのは身体もほどよく動かせてちょうど良い気分転換になっていた。

＊　＊　＊　＊

そんなある日、ちょっと実験的な料理を作ってみたくなって、フランツとクロードにも手伝いを頼んだ。

フランツには、穴を掘るのを手伝ってもらうことにする。

「どれくらい掘ればいいんだ？」

「えっとね。これくらいの広さで、これくらいの深さがあれば嬉しいな」

「わかった」

手でジェスチャーすると、なんとかわかってくれたみたい。

フランツが穴を掘っている間、クロードには私がやっている作業を半分手伝ってもらっていた。

ムーアの大きな葉っぱを何枚も拾ってきて、それに私が用意した具材を詰めて包んでもらうの。実験って言うのは、この具材のことなんだ。北部イモの葉っぱ包みもジャガイモのホイル焼きみたいでほくほくして美味しいけど、もっといろんな具材で試してみたくなったの。

ただ、今回の具材は北部イモのように堅くないからふにゃふにゃとして案外巻きにくい。悪戦苦闘しながら隣のクロードの手元を覗き見ると、きちっきちっと綺麗に巻いていた。

「……さすが」

カマドを隙間《すきま》なく組める男。感心して見ていたらクロードは傍に置いてあった葉っぱをすべて包み終わり、何も言わずに今度は私の横に置いていた分まで包み始める。

「ああ、いいよ。こっちは私がやるから」

そう言ったものの、

「どうせあとで私がやり直すんだったら、初めからやった方が早い」

と、すげなく言われてしまった。

そんな私たちのやりとりを、スコップで穴を掘り終えたフランツが笑って見ていた。

「そうそう。どうせ、あとでやり直さないと気が済まない性格なんだからさ。全部クロードにやらせちゃえばいいよ」

「お前に言われると、なんだか腹立たしいがな。この前の討伐報告書だって」

「あれ、俺ちゃんと書いたよ？」

「ところどころ抜けていたから、私が書き直しておいた」

「なにげにお前のチェックが一番厳しいと思うんだけど」

お互いポンポン言い合いながらも、嫌な雰囲気《ふんいき》はなくてむしろどこか楽しげだ。二人のやりとりを見ていると、面白くてつい笑みが零れてしまう。

「ふふふ。二人とも、仲いいんだね」

なんて言ったものだから、

「腐《くさ》れ縁《えん》だからな」

「腐れ縁だからね」

同じ言葉が同時に返ってきた。何だよ、本当に仲良いなぁ。ちょっと羨《うらや》ましくなるくらいだ。暢気《のんき》なフランツと、きっちりとしたクロード。一見正反対に見える二人だけど、どこか通じ合うものがあるんだろうな。

用意した具材をすべて包み終えると、あとはフランツの掘ってくれた穴に石を敷き詰めて、その上にムーアの葉包みを並べる。さらに乾燥した葉っぱを穴が埋まるほど入れて、タキギをくべ火をつけたら準備はお終《しま》い。

調理班の従騎士さんたちが夕飯の準備をしているカマドから良い匂いが漂ってくるころには、包み焼きのタキギの方もすっかり下火になっていた。そろそろ良い具合に蒸し焼きできたかな？

フランツとクロードに手伝ってもらって掘り起こすと、熱々に蒸された包み焼きがゴロゴロと出て来る。

今回は二パターンの具材を試してみたんだ。

ひとつは、鶏肉の中にチーズを挟《はさ》み込んで包んだもの。

こっちは包みを開けると、美味しそうな肉汁がたっぷり溢《あふ》れ出ていた。ナイフで半分に切ってみたら、蒸し鶏の中からとろとろに溶けたチーズが零れ出す。

「はい、どうぞ。熱いから気をつけてね」

実験だったから、そんなに数は作っていないの。まずは味見してもらおうと思って、切り分けた鶏肉チーズをお皿にのせると、フランツとクロード、それに調理班のテオたちにも食べてもらった。

「……なんだこれ。鶏肉って、こんなに美味《うま》いんだっけ⁉」

「このトロッとしたチーズが、最高です」

フランツとテオが口々に言う。

私も早速食べてみたけれど、ふっくらと蒸された鶏肉はとても柔らか。その中から、とろっと溶け出たチーズが絡んで二度美味しい。これはワインが飲みたくなっちゃうかも。

そして、もう一パターンの方の包みも開けてみる。こっちはさらに実験的。葉っぱの包みを開けると、ほわんとした湯気とともに白く丸いパンのようなものが現れた。それを手で半分に割ると、中から甘辛く煮た肉の餡《あん》が顔をのぞかせる。良かった、こっちも失敗せずに思い通りにできたみたい。

この餡は、実はアクラシオンの屋台で売っていたあの串焼きなんだ。それを細かく刻んで、小麦粉を練った生地《きじ》で包んで葉っぱで包み焼きにしたの。想像以上に肉まんらしいものができて、大満足。

今が暑い季節なのが残念なところだけど、ふわふわした生地に熱々の甘辛い餡があわさってどんどん食が進むうちに身体がぽかぽか温まってくる。

手で持って食べれるのもいいよね。

「美味しいですね」

アキちゃんもニコニコ顔。

「これはもはや、店で売っていてもおかしくないんじゃないか」

なんて言いながら、クロードも眼鏡の曇りも気にせず肉まんを頬張っている。

どっちも想像以上に美味しくできて、お腹も心もいっぱい。美味しい物って、なんて心を豊かにしてくれるんだろう。

そうこうしているうちにふと気がつくと、いつの間にか周りに他の騎士さんや団員さんたちも集まってきていた。みんな、私たちが食べているものに視線が釘付《くぎづ》け。

「えっと……今回のは試しで作っただけなのであんまり量がないんですが……ちょっとずつになっちゃうけど、みなさんも召し上がります？」

そう恐る恐る声をかけると、

「やったー‼」

「カエデの作る物は、どれも美味いからな‼」

わあああっと歓声があちこちから上がった。

やっぱり、美味しいものっていいよね！

そしてこれらのメニューも、翌日から夕飯メニューとして正式に盛り込まれたのだった。

とくに肉まんは、携帯食料としても食べやすいから多めに作っておくと、魔物討伐に行く騎士さんたちが喜んで持って行ってくれる。中の餡も、ひき肉と野菜を刻んで混ぜた餃子《ぎょうざ》風のものや、南部イモをゆでてつぶした甘いものなどいろいろ試せて楽しいの。

そうやってムーアの森での調理班のお手伝いを楽しみつつ、私はもう一つの仕事も少しずつ進めていた。

そう。金庫番補佐の仕事！

この世界で初めて正式に団長から任された仕事だもの。しっかり頑張りたいんだ。

だから、ポーション倉庫の整理や調理班のお手伝いの合間に、ナッシュ副団長から預かった騎士団の帳簿《スクロール》を読み解いて整理することから始めたの。

長い西方騎士団の歴史の中で築き上げられてきたという、独自ルールでつづられた複雑怪奇な帳簿。それを理解するのはなかなか骨の折れる作業になった。

お金の出し入れの一つ一つを整理しなおすと、こっそり作った自分式の帳簿に時系列で書き直していく。こちらは、お小遣い帳のような単式簿記ではなく、私が経理の仕事で見慣れていた複式簿記で書いてみた。

なぜかというと、複式簿記の方が現在の西方騎士団の経済状況を正確に表すことができるからなんだ。

一つの取引には、二つの要素がある。たとえば、北部イモを買うという取引をすると、その価格分だけお金が減って、手持ちの北部イモは増えるでしょ。

それをお金の増減だけに着目して帳簿に記していくのが、単式簿記。

お金だけじゃなく、北部イモの増減まで帳簿に記入するのが複式簿記。

だから、複式簿記にすると記帳の手間は増えるけれど、騎士団が現在持っているお金だけじゃなく、財産の推移までもよくわかるようになるの。

そうやってナッシュ副団長の帳簿《スクロール》に書かれた取引を一つ一つ解明していって、私の帳簿に記していった。

でも、最初は順調に思えた帳簿《スクロール》の書き写しも、しばらくしてまた新たな問題にぶつかってしまう。

「うーん？　これ、どういうことだろう……」

その日、ムーアの中にある救護班のテーブルで一人、帳簿《スクロール》とにらめっこしながら唸《うな》った。

つい独り言まで出ちゃったのに気づいて慌てて辺りを見回すものの、部屋には誰もいない。サブリナ様もレインも、今は団員さんたちの健康チェックに出かけていていないいんだっけ。

誰にも独り言を聞かれなかったことにホッと胸をなでおろすと、テーブルに置いていた皿からクッキーを一枚手に取って、パリッとかじった。

このクッキーは昨日焼いたものだけど、練りこんだハチミツがほんのり甘くて口にやさしい。モソモソとクッキーを食べて紅茶を一飲みすると、もう一度帳簿《スクロール》とにらめっこした。

今見ているのは、青の台地にいたころの記帳部分。

そこには、青の台地の麓《ふもと》にあったロロアの街でブーツを十六足も購入していると書いてある。

でも、自分の記憶と擦《す》り合わせてみても、あのころ、団員さんたちに新しいブーツが配られたという記憶はないいんだよね。

いや、私の知らないところで配られていた可能性は充分あるよ？

でもね。あのとき、フランツが履《は》いていたブーツもかなり傷んでいた記憶があるんだ。たぶん、戦闘のときに彼はいつも強く踏み込むんだろうね。だから靴底がかなり薄くなってて剥がれかけていたのを覚えている。

それに、右足のブーツの表面には大きなかぎ爪《づめ》の痕まであった。なんでも、ラーゴに掴みかかろうとした魔物の腕を蹴《け》りつけたときに引き裂《さ》かれたんだって。あれじゃあ雨が降ったらすぐに浸み込んじゃうんじゃないかなって心配だったんだ。私のブーツを貸してあげたいけれど、私とフランツとじゃ足の大きさが全然違うものね。だから、あのころの彼のブーツのことはよく覚えていたんだ。

確か、フランツに新しいブーツが支給されたのは、青の台地を発《た》ってから少し経《た》ったあとだったように記憶している。フランツ、すごく嬉しそうにしてたもん。記憶違いのはずはないの。だって、そのときの購入履歴も、ちゃんと帳簿《スクロール》には記載されているもの。

でも、ロロアの街でも既にブーツを十六足も仕入れていたのなら、なんでそのときフランツに支給されなかったんだろう？　彼は前衛職だから、装備は優先的に支給されているはずなのに。

なんだろう。この、妙な違和感。

たいしたことではないのかもしれない。でも、喉に刺さった小骨のようにチクチクと気になっていた。

個数も特に問題はなさそうだし、価格も他の街で購入したときと比べて特段高いわけでもない。

でも、妙に気にかかるものがある。

ＯＬとして経理の仕事をしていたときも、同じような小さな違和感が気になったことがあった。あのときも何とも言えない気持ち悪さを覚えて、上司に報告して調べてみた。そうしたら後の調査で、とある職員のカラ出張が発覚したんだ。だから、この小さな違和感も無視しちゃいけないものなんじゃないかって気がしてならないの。

副団長にこの売買について詳《くわ》しく聞いてみようかな。

「ううん。やっぱり、自分で調べられるところまでは自分で調べてみよう」

かじりかけのクッキーを口に入れると、紅茶で流し込む。それから、帳簿《スクロール》をクルクルっと丸めて閉じた。

お皿に残っていたクッキーも綺麗なハンカチで包むと、救護班の部屋を後にした。

クッキーの包みと帳簿《スクロール》を手に持って、とあるムーアへと向かった。そこは、後方支援の人たちが寝泊まりしているムーア。傍まで来ると、すぐに他のムーアとは雰囲気が違うのがわかる。

ムーアの外に小さな炉《ろ》がいくつか組んであって、そこで忙しそうに作業をしている人が数人いた。

彼らは、修理工の人たち。騎士さんたちの防具や武器だけでなく、馬の蹄鉄《ていてつ》や鍋《なべ》なんかの金属製品をはじめ、テントの補修や壊れた荷馬車まで何でも直してしまうんだ。

その中に、がっちりした体格の小柄《こがら》な男性の姿を見つけると私は近づいて行った。彼が、修理班の班長をしているバッケンさん。いつも仏頂面《ぶっちょうづら》で眉間《みけん》にしわを寄せていて愛想なんて欠片《かけら》もないから、普段は余程の用がない限り話しかけたりしないんだけどね。修理をお願いしたいものがあっても、彼ではなく彼のお弟子さんたちに声をかけてお願いすることが多いもの。

でも今日は彼に直接尋ねてみたいことがあったから、彼のもとへ真っ直ぐ歩いて行った。

炉の前で額《ひたい》に玉の汗を浮かべて剣を打ち直していたバッケンさんが、打ち終わった剣を傍のバケツの水へ差し入れると、ジュッと大きな音が鳴る。

その一連の動作に見とれていると、額の汗を首から提《さ》げた手ぬぐいで拭きながらバッケンさんがこちらを向いた。

「なんの用だ？」

唸るように発された言葉に、私はハッと我に返るとここに来た目的を思い出す。

「バッケンさん。騎士団の帳簿を整理していて、ちょっと気になることがあったのでお話をお聞きしたくて来ました。あの、今でなくてもいいんですが、お時間あるときにちょっとお話をうかがってもいいですか？」

彼の醸《かも》し出す威圧感に圧《お》されながらもなんとかそう早口で伝えると、彼は「ふん」と鼻を鳴らしたあと、すたすたとムーアの入り口へと歩き出した。

「今ならちょうど一区切りついたところだ」

「あ、は、はいっ」

先に行ってしまったバッケンさんを慌てて追いかける。

通されたのは、彼らが生活しているムーアの三階にある広めの部屋だった。真ん中にテーブルと椅子が置かれ、端にベッドがあるだけの殺風景な部屋。

バッケンさんは椅子《いす》を一つ引くと、どっかりと腰を下ろした。目がこちらを見て「座れ」と言っているようだったので、私も向かいの椅子におそるおそる腰を下ろす。胸に抱いていた帳簿《スクロール》とクッキーの包みを静かにテーブルの上に置くと、バッケンさんのギョロっとした目がギロリと私を睨《にら》んだ。

「それで、話ってのは何だ。俺には、そんな細《こ》まいもんはさっぱりわからんぞ」

たしかに、帳簿《スクロール》には細かい文字や数字がたくさん書き連ねられている。でも見てほしいところは一つだけ。

「この日のことを教えていただきたいんです。ここには、ロロアの街で騎士さん用のブーツを十六足購入したことが書かれています」

そう言ったとたん、帳簿《スクロール》に視線を落としていたバッケンさんの目が急に鋭くなる。

「何、馬鹿《ばか》なこと言ってんだ。ロロアの街でブーツなんぞ買った覚えはない！」

急に大声だすから、ついビクッとしてしまった。でも、ビックリしている場合じゃないぞ。バッケンさんの声が大きいのはいつものこと。

私は気を取り直して続ける。

「そうなんです。私も青の台地にいたときにブーツが配給された覚えなんてないなと思って。それで不思議に思ってバッケンさんに確認しにきたんです」

バッケンさんたち修理班は、西方騎士団の武具や防具をはじめ様々なものを修理するのが主な仕事。でもそれだけじゃなく、彼らは修理の過程でその傷み具合や状態もよく知っているので、武具や防具の配給の取りまとめもしている。つまり、騎士さんたちに配給されるブーツなどは修理班が街でまとめて購入してきて、騎士さんたちに配っているんだ。当然、その班長であるバッケンさんは、いつどこで何を購入したかは把握《はあく》しているはず。

私は畳《たた》みかけるようにいっきに言った。

「青の台地にいるとき、騎士のフランツはずっと傷みの激しいブーツを履いていたのを覚えています。彼が新しいブーツを配給してもらったのは、その次の土地に行ってからでした」

バッケンさんは腕組みをして唸る。

「フランツは一番防具の痛みが激しい。だから防具の修理も交換も一番頻繁だが、ロロアの街じゃ魔物との戦闘に足るだけの質のものが手に入らなかったんだ。それで、ここには何て書いてあるんだ」

私は帳簿《スクロール》のその部分を読んで聞かせる。青の台地にキャンプ地を置いていたとある日に、ロロアの靴屋からブーツ十六足を金貨四枚で購入していた。正確に言うと、購入のために金庫番であるナッシュ副団長が修理班にその分のお金を渡したという記帳がされていた。

「……この内容に、ご記憶ありますか？」

バッケンさんの唸り声はますます低くなる。

「……ないな。街に防具を買いに行くときはその都度《つど》ナッシュから金を渡されているが、こんなやりとりはまったく記憶にない」

そう、バッケンさんは言い切った。

「弟子どもが勝手に買いに行くことも、ありえんしな……。おい。お前ら、そこで何をやってい る！」

バッケンさんの視線が私を通り過ぎて、その背後に向けられた。振り向くと、階段のところでお弟子さんたちが三人、こちらを窺《うかが》うように顔を出していた。

「ひっ……」

「もしかしてカエデが防具作るのかなって」

「どんなのがいいんだろう。細いから、腰とか調整して」

階段の上り口でわいわい夢中で話しているお弟子さんたちに、

「ばかやろう！　勝手に盗み聞きするやつがあるか！」

バッケンさんの大声の雷《かみなり》が落ちて、お弟子さんたちはヒッとみな首をすくめる。

そこでバッケンさんはふと思い立って、口調を鎮《しず》めるとお弟子さんたちにも聞いてくれた。

「お前たち。ロロアの街でブーツなんぞ買った覚えあるか？」

その言葉にお弟子さんたちも、眉《まゆ》を寄せたり首を傾げたりする。

「……記憶にないっす」

「俺も」

「俺も！」

というわけで、やっぱりお弟子さんたちに聞いてもロロアの街でブーツは買ってないことがはっきりとわかった。

「わかりました。ご協力ありがとうございます。あ、そうだ。これ、おすそ分けです。休憩《きゅうけい》のお茶請《ちゃう》けにでもどうぞ」

テーブルの上に広げてあった帳簿《スクロール》をくるくるっと丸めると、クッキーの包みをバッケンさんに差し出す。

バッケンさんは、ちらっと見て「ふんっ」と鼻を鳴らすだけだったけど、階段を下りるときにすれ違ったお弟子さんたちはテーブルの上の包みをキラキラした目で見ていた。

修理班を後にして、自分の部屋のあるムーアへと向かいつつ腕組みして考える。

買った覚えのないブーツ。でも、最近、帳簿《スクロール》の残高と実際にナッシュ副団長が保管しているお金を照合したときは、一イオも違わずにぴったり合ってたんだ。

ということは……このブーツの分の代金、金貨四枚はどこにいっちゃったんだろう？

どれだけ帳簿《スクロール》とにらめっこしてみても、買っていないブーツを購入したと記帳されている理由がわからなかった。

はじめは、もしかすると別のものを買ったときに間違えてブーツと書いちゃったのかな？　とも思ったんだ。

それで、調理班のテオや騎士団のお金を使って何かを購入する可能性のある人に一人ひとり当たってみた。

でも、この日にこの金額で騎士団のお金で何かを購入したという人はみつからなかった。

救護テントに戻って、救護班のお金を預かってらっしゃるサブリナ様にも尋ねてみたけれど。

「そうねぇ。ポーションはその前の週にレインが買出しに行ってくれていたし。その日は何も買いに行ったりはしてないわね」

彼女は救護日誌を眺めながら、困ったように小首をかしげる。

その救護日誌を横から覗いていて、私はあることに気づいた。

「この日って、雨だったんですね」

救護日誌には誰を手当てしたかだけでなく、その日の食事の内容や気温、天気などいろいろなことが細かく記されている。こういった記述は、たとえばそのあとお腹が痛い人が何人も出たりしたときに原因を突き止めるために役立つこともあるみたい。

「そうね。この日も、その前の日も、その二日前も雨ね。そういえば、このころは長雨が続いて寒かったから、風邪《かぜ》をひく人も多かったのよね」

サブリナ様は、救護日誌をめくりながら当時を振り返ってくれた。

そんな寒くて長雨の続く日に街まで出かけるなんて、まず考えられないこと。馬に乗るにしろ、馬車にしろ、雨に濡れるのは間違いないし、何より道がぬかるんでいて危ないもの。だからよほどの事情でもない限り、雨が降りしきる日に遠くへ出かけたりすることはない。救護日誌にも、この日は魔物討伐もお休みで、みんな自分のテントにこもっていたことが書かれていた。

調べれば調べるほど、腑《ふ》に落ちないことばかり。

「この日、本当は何があったんだろう……」

ついそんな独り言が口から洩《も》れてしまう。

救護日誌を棚《たな》に戻していたサブリナ様が、心配そうに目元を下げる。

「わからないのなら、ナッシュに直接聞いてみたらいいんじゃないのかしら」

「そう……ですよね」

たしかに、記帳した本人に尋ねれば、どういう意図でこれを記したのか教えてくれるだろう。もしかしたら、単なる間違いなのかもしれないんだもの。

この心の中のもやもやを解消するのは、それが一番早いに違いない。

でも、心のどこかにちょっと待てよと押しとどめる気持ちもあった。

彼に聞いていいんだろうか。聞いてしまっていいんだろうか。

もう少し自分で調べてみてからの方がいいんじゃないのかな。

そう迷っていたら、そのことをサブリナ様も察してくださったのだろう。彼女は私を励ますように優しく微笑んだ。

「大変なことは一人で抱え込んではダメよ。話を聞いてもらうだけでも、頭の中でこんがらがっていた糸がすっとほどけることもあるんだから。私ならいつでも手伝いますし、他にも助けてくれる人はいるんじゃないかしら？」

他にも……。そう言われたとき、ふっとフランツのことが脳裏《のうり》に浮かんだ。それと、ついでにクロードも。ううん、もしかしたらこういう細かいことはクロードの方が得意かも。

二人のことを考えていたら、難しいことを考えすぎて寄り気味になっていた眉間がすっと緩んでくるようだった。いままで、自分で解読しなきゃって肩に力が入っていたのが、ふわりと軽くなる。

そんな私を見て、サブリナ様がクスリと笑みをこぼす。

「ほら。今、思い浮かんだ人は誰？　頼りになりそう？」

私は、こくんと大きくうなずいた。

「はい。彼らに相談してみます」

そうだよね。私よりもずっと長くこの騎士団にいる彼らに聞けば、何かわかることがあるかもしれないものね。

でもどうせ彼らに相談するなら、自分が気づいたことを単なるモヤモヤで終わらせずにもう少し整理しておきたい。私は自分が書き替えた複式簿記のマイ帳簿とナッシュ副団長の帳簿《スクロール》を見比べてもう一度見直してみることにした。

それに、サブリナ様の救護日誌や、テオのつけている調理班の帳簿も参考にしてみることにしたの。

＊　＊　＊　＊　＊

そして数日後。

今度はいままで気づかなかったけれど、疑いの目で見れば見るほど、他にも実態のよくわからない怪《あや》しい記帳がいくつも見つかってしまった。

ううううん？　ますますモヤモヤが増えてきたぞ？　どうなってんの、これ。

このまま一人で悩んでいても埒《らち》が明かなそうだったので、フランツたちに相談してみることにした。でも、いくら仲のいいフランツとクロード相手といっても、手ぶらで頼みごとをするのはちょっと気が引けたので、もう一回クッキーを焼いてみる。

今度は、レインと薬草採りをしているときに教えてもらって一緒に採った、アーモンドみたいなナッツも砕いて混ぜ込んだんだ。

できあがったものを味見してみたら、ナッツの香ばしさが増してて美味しさ倍増。ついついどんどん手が進みそうになってしまう。いけないいけない。これはあげるために作ったんだから。

きれいな布に包むと、騎士さんたちのムーアへと持って行った。

そしてムーアの入り口に立って、足を止める。フランツの部屋があるのは、ここの最上階。十五階なのよね。それを上っていくのは、ちょっと……いや、かなり億劫《おっくう》。

どうにか彼に下りてきてもらえないかと、私はムーアの外から呼びかけてみた。

「フランツー！　いるー!?」

すると、フランツではなく、一つ下の階の騎士さんが顔を出してこちらを見下ろしてくる。

「フランツに用事？」

「あ、はい！　フランツにこれを渡そうと思って！」

焼きたてで、まだいい香りの漂っているクッキーの包みを掲げて見せる。

「それなら、窓のはじにあるソレを使うといいよ」

そう言って、その騎士さんは窓の脇を指さした。

なになに？　よく見ると、最上階の窓から一階の地面まで窓枠沿いに二本のロープが垂れている。その一本には小さなカゴがついていた。

「そのカゴに渡したいものを入れて、もう一本のロープを引っ張ってみな」

あ、そういうことね。

私はカゴにクッキーの包みを入れると、何もついていない方のロープをぐいっと引っ張った。最上階まで届くほどに長いロープだから力がいるけど、全体重をかけてぶらさがるようにして引っ張るとカゴはするすると上っていく。

ここからは高くてわからないけど、どうやら一番てっぺんに滑車《かっしゃ》みたいなものがついているみたい。なるほどなぁ。

って感心してたのもつかの間。

クッキーの入ったカゴは順調にムーアの壁を上っていったけれど、その途中途中で通りすがる窓から他の騎士さんたちが顔を出しては、カゴに手を伸ばして中身をつまんでいく。

「お、いい匂いすんな！　一個ちょうだい！」

「僕も、一つもらっていい？」

なんて一応断ってくれてはいるものの、どんどん中身が減っていっちゃうよ？

でも彼らはお返しにと窓から手を伸ばしてロープを引っ張るのを手伝ってくれたから、私が引っ張らなくてもするするとカゴは上に上っていった。

このカゴの使い方を教えてくれた騎士のお兄さんも、ちゃっかりクッキーをつまんでるしね。

「もー。親切に教えてくれたの、自分も欲しかっただけなんでしょー」

「えへへ。だいじょうぶだいじょうぶ。フランツの分はちゃんと残ってるって。ほら、フランツ。カエデが呼んでるぞ」

彼は部屋の中から長い棒を持ってくると、窓から身を乗り出してフランツのいる階の窓をポンポンと叩《たた》いた。

すると、それに気づいて窓から金色の髪の青年が顔を出す。フランツだ。

「何？　お、カエデ！　どうしたの？」

棒に気づいて窓の下を覗いたフランツの視線が、そのまま真下にいる私を捉《とら》えてにっこりと素敵な笑顔を向けてくれた。

「あのね。あとでちょっと、お願いしたいことがあって頼みに来たの！　それは差し入れー！」

きっとだいぶ減っちゃってるけどね……。

ぶんぶんと下から手を振ってみると、フランツも大きく振り返してくれる。

「ありがとー！　いま、剣の整備してたとこだったから、終わったらそっち行くよ！」

「クロードも一緒にいいかな？」

「わかったー！」

そんなやりとりを交わして、小一時間後。

救護班の二階にある、いまはポーション倉庫なんかに使っている部屋に私とフランツ、それにクロードの三人で集まることになった。

部屋の真ん中に置かれている小テーブルに、副団長が書いたあの騎士団の帳簿《スクロール》を広げて二人に見せる。

それを指し示しながらの私の説明を、フランツは怪訝《けげん》そうに眉を寄せながら、クロードは顎に手をあてて興味深そうに時折相槌《あいづち》を打ちながら聞いていた。

「というわけで、私が調べただけでも実態のよくわからないお金の出し入れがいくつもあったの。怪しいのまで含めるともっとたくさんあるけれど、バッケンさんとか団の人に確実にお金の受け渡しがなかったことを確認できたのはこの八つ」

「ふむ。書き間違えたという可能性は、少ないように思うな」

と、クロードが唸る。

「そう？　こんだけややこしい書類だったら、間違えてもおかしくなさそうだけど」

フランツが不思議そうに言うのを、クロードは苦笑交じりに返した。

「普通の人間だったらな。でも、相手はナッシュ副団長だ。あの人は、私と一緒で庶民《しょみん》の出。低い身分出身にもかかわらず、あの年齢で副団長まで上り詰められたのは王城から相当な実力が認められているのは間違いない。炎の魔法士としての能力の高さだけじゃなく、実務的な面でもな。現に

彼の作る書類はどれもきっちり間違いがないものばかりだ」

自身もきっちりした性格のクロードが言うんだから、相当なものよね。

「じゃあ、クロードも、副団長がわざとこの記帳をしたって考えているのね」

そう尋ねると、クロードは鋭さのある青い瞳でこちらを見つめてくる。

「『も』ということは、カエデ自身もそう思ってるのだろう?」

クロードにそう返されて、私は戸惑いながら彼から視線を外す。

まだ、自分の中で確信があるわけじゃないんだ。ナッシュ副団長がなぜそんなことをするのか。そのことの理由がまったくわからなかった。

冷静に考えれば、一番可能性としてあがってくるのは『横領《おうりょう》』ということになる。

嘘《うそ》のお金の出し入れを記帳して、その分のお金を騎士団の財布から抜き取ってしまう行為だ。でも、あんなに誠実で実直そうな副団長がそんなことをするとはとうてい信じられなかった。信じたく、なかった。

でも一方では、ゲルハルト団長が私に金庫番補佐の仕事を任せてくれたのは、実はこの横領を見つけるためだったんじゃないかとも思うんだ。団長も何かしらのことを察していたけれど、彼には会計的な知識が薄くて帳簿を見ても決定的な証拠を見つけられなかった。だから、私の力を頼りにしたんじゃないかしら。

いつの間にか、私は胸元をぎゅっと掴んでいた。ナッシュ副団長とゲルハルト団長。どちらを信じればいいんだろう。

そのとき、すぐ間近で人の気配がして、私は内に向かいそうになっていた意識を目の前に向ける。

顔を上げると、すぐ近くにフランツの顔があった。彼のいつもにこやかな双眸《そうぼう》が、いまは心配するように目元を下げている。

「大丈夫か?」

すぐ間近にある端正《たんせい》な顔に、ついドギマギしてしまう。顔が熱くなるのを感じながら、私は何度も頷いた。

すると、フランツは私の頭をぽんぽんと軽くなでると、ニッといつもの笑顔になった。

「それを掴んだってだけでも、たいしたもんだよ。いままで、王城の人間たちも、この団の人間も誰一人それに気づかなかったんだろ? それを見つけ出したんだからさ、すごいと思う。あとは俺たちも一緒に手伝うよ。カエデ一人に背負わせたりなんかしないから」

フランツの申し出に、クロードも相槌をうつ。

「ああ。これは……ことによっては危険が伴うかもしれん。もしかすると、あの炎の使い手と対峙《たいじ》することもありえるからな」

そして私たち三人はお互いに顔を見合わせて頷いた。

一人じゃない。そう思えると、いつのまにか責任とか役割とかそんな名前で抱え込んでしまっていた重さが軽くなったように思えた。

「で、このあと、どうするつもりだったんだ?」

フランツに問われて、私はずっと考えていたことを口にする。やりたいと思っていたけれど、自分一人ではできなかったこと。それは。

「行方《ゆくえ》のわからなくなっているお金を探したいの」

いま、この帳簿《スクロール》に記された金額と、副団長が管理している西方騎士団の手持ちのお金はきっちり一致している。そのことはナッシュ副団長立ち会いのもと確認したばかりだから確かだった。

じゃあ、実際には存在しなかった物の購入で使ったことになっているお金はどこに消えたんだろう？　実はどこかに隠してあるんじゃないか。そう思えてならなかったの。

「となると、副団長の行動範囲を調べてみるしかないよな」

フランツの言葉に、クロードもうなずく。

「そうだな。まずは身辺調査だ」

「うん」

その日、私たちは遅くまでその方法について話し合った。

＊　＊　＊　＊　＊

翌日から、ナッシュ副団長と行動をともにすることの多いフランツとクロードには、彼が行きそうな場所を重点的に探ってもらうことになった。

一方私はというと、彼ら騎士さんたちが魔物討伐に出かけている間に、こっそりと副団長の使っている部屋にお邪魔《じゃま》して、どこかに行方不明のお金を隠していないかと探してみることにした。

でも。

「ふぅ。やっぱり、ここにはなさそう……」

騎士さんたちは私物の持ち込みに制限があるから、みんな自身の荷物はとても少ない。それは副団長も変わりないようで、彼の部屋にはベッドと着替えなどがあるだけですぐに探し終えてしまうくらい物が少なかった。

ここじゃ、隠すっていっても限界があるよね。

となると、もし本当に副団長が西方騎士団のお金を着服《ちゃくふく》しているとしたら、どこにそのお金を隠しているんだろう。

あまり近くに隠すと、これだけたくさんの人が集団生活している場なのだから偶然誰かに見つけられるおそれもある。逆にキャンプ地の外に隠すにしても、遠くへ隠しに行くことは難しいんじゃないかな。

一般の騎士さんならともかく、副団長は金庫番だけでなく団長のサポートとか、団の様々な重要な仕事を任されているから、いつも周りに人がいる。一人になるのすら難しそうなんだ。

「うーん。どこなんだろう」

結局、フランツとクロードが魔物討伐から帰ってくる時間になっても手掛かり一つ見つけられなかった。仕方なく、夕飯を食べながら今日のことを彼らに報告してみる。一応、他の人たちに聞かれないように、大焚き火からは少し離れた場所に布を敷いて、三人で腰掛けた。今日の夕飯はホワイトシチューだった。

「そっか。見つからなかったか」

シチューに浸したパンをむしるようにかじりながら、フランツが言う。

「そうなの。部屋の中にないとなると、やっぱり外に隠しているのかな」

スプーンでシチューの肉を掬う。今日のお肉は、数日前に騎士の人たちが捕まえてきた、ビッグ・ボーという魔物の肉。私の背丈くらいある大きなイノシシ風の魔物で、長い牙《きば》と丸っこい形が特徴的なの。でも、見た目に反して肉はほどよく脂がのっていて柔らかいんだ。魔物の肉の中ではかなり美味しい方だと思う。

「外だとしたら……いつ、隠しに行くんだろうな」

「いつも忙しそうだもんね、副団長。でもね。つい最近も、ちょっとよくわからない記帳があったばかりなんだよね」

普段は西方騎士団の帳簿《スクロール》はナッシュ副団長が持っているから、日々、記帳は増えていく。

その怪しい記述が書き込まれたのはつい数日前のこと。その分のお金は、もしかすると副団長がまだ持ち歩いているのかもしれない。

でも、いままで行方がわからなくなった金額の総額自体は相当な額だから、その全部を持ち歩いているとは考えにくい。そんなの抱えて魔物と戦ったりできないはず。

ちなみに西方騎士団のお金は副団長がキャンプ地にいる間は金庫番である彼が保管しているの。でも彼が魔物討伐に行っている間は、後方支援の人たちが交代で騎士団のお金が入った箱を管理しているんだ。そして副団長が魔物討伐から戻ってきてそのお金を彼の手元に返してもらうときは、毎回一イオ単位まできっちり数えなおしている。私もよく手伝っているから、今の帳簿上の金額と実際に彼が保管している現金がぴったり同じであることは私が一番よく知っているの。

うーん。消えたお金はどこ行ったんだろう。そんなことを考えながら口に入れた少し大きめな肉を一生懸命噛《か》んでいたら、フランツに頬《ほ》っぺたを指でつつかれた。

「ム、ムググググ」

なにすんのよ！　って声をあげようとしたけど、口に肉が入ったままでうまくしゃべれない。フランツはそんな私を見て、楽しそうに笑う。

「ごめんごめん。なんか、ナッツを頬袋に詰め込んだカーバンクルみたいで、つい可愛くて」

肉を飲み込んで、フランツの頬も突っついてやるっ！　と人差し指を伸ばすものの、華麗《かれい》にかわされてしまってなおさら悔《くや》しい！　文句を言おうとしたら、それより先にクロードの氷よりも冷たい声が飛んできた。

「……お前ら、真剣に考える気はあるのか？」

「「……はい。すみませんでした」」

フランツとともに、しゅんと反省。そうだった、今は真剣な話をしてたんだった。ついフランツと一緒にいるといつもの調子になってしまう。

それで今度こそ三人でまじめに話し合った結果、常に多忙で周りに人の多い副団長が単独行動をするとしたら、夜だろうという結論になった。

もしかすると、数日前の怪しい記帳で手に入れたお金を近々どこかに隠しに行くことも考えられる。もしその現場を押さえることができれば、決定的な証拠になるはず。

「となると、やっぱ夜は交代で見張るしかないよな」

フランツの提案に、クロードも同意する。

「そうだな。私とフランツは副団長と同じムーアで寝起きしているから、見張りもしやすい」

どうやら二人で交代で見張るつもりのようだったので、私もすぐにそこに口をはさむ。

「私もやるからね。向かいのムーアだから。窓からこっそり覗いていれば充分見張りできると思うの」

そう伝えると二人は困ったように顔を見合わせた。でも、私の意志が固いとみたのか結局それ以上は渋られることもなく、私も見張りに混ぜてもらえることになったんだ。

だって、二人で見張るとすると彼らの睡眠時間がいつもの半分ずつになっちゃうでしょ。昼間、魔物討伐に行く彼らにそこまでしてもらうのは申し訳なさすぎる。だから私が入って三人で見張れば、もう少し睡眠時間を伸ばせるから。

いろいろ相談したあげく、就寝から起床までの時間を三分の一に分けて、最初にフランツ、次にクロード。最後の明け方に近い時間帯を私が分担することになった。

私の番になったらクロードが私のいるムーアまで起こしに来てくれるというので、しばらく一階にある簡易ベッドで寝ることにした。幸《さいわ》い、いまは怪我人や病人は誰もいなくて救護班の簡易ベッドは誰も使っていないから。

「でも、夜に追跡って、月が出ている明るい夜ならいいけど。見失っちゃわないかな」

ここは森の中。真夜中に光源といえるものは月くらいしかないのに、満月の日はとっくに過ぎている。このムーアの葉が厚く覆っている地面までは月の光はほとんど届かない。まして曇りの日には真《ま》っ暗闇《くらやみ》で何も見えないんじゃないかな。そんな闇の中で追跡なんかできるんだろうか。

そう思っていたら、フランツがフフッと意味ありげに笑った。

「そこは考えてあるよ。ちょっと待ってて」

そう言うと、フランツは私とクロードの食べ終わった食器を手に取ると自分の食器に重ねて、大焚き火の方へと返しに行った。そのあと私たちのところへは戻らず、自分のムーアへと小走りで走っていく後姿が見える。それからしばらくして、彼は手に何かを持ってこちらへ戻ってきた。

「ハァハァ。お待たせ」

息を切らせながら戻ってきた彼は、持っていた小さな布包みを手の平の上に広げて見せてくれた。もう日が沈み始めているのでムーアの森の中は薄暗い。彼が手にしているものをよく見ようと、足元に置いてあったランタンを掲げて見る。

それはこんもりと盛られた粉状の何かだった。ランタンの赤い光に照らされてあまり色はよくわからないけれど、なんとなく黄色っぽい。

「これは？」

一緒に覗き込んでいたクロードの質問に、フランツは粉を指で軽く掬うと私たちの顔に近づけた。

「黄色い絵の具を作るときに使うんだ。ちょっと臭《にお》い嗅いでみて」

彼の指についた粉に鼻を近づけると、ふわんと卵の腐ったような臭《にお》いが鼻についた。吸い込みすぎたみたいで、強い臭いに鼻の奥を刺激されて咳《せ》き込みそうになる。

「ケホッケホッ。この臭い、知ってる。もしかして、硫黄《いおう》？」

そう尋ねると、フランツは驚いたように目を丸くした。

「そうだよ。よくわかったね」

そりゃ、温泉の国の人ですもの。ＯＬをしていたときはときどき、日々の疲れを癒《いや》すために温泉巡りの旅行に出かけていたりしたもんね。そのとき訪れた温泉の中には、硫黄の香りの強い温泉もあったから。

「それをどうするんだ？」

クロードに問われて、フランツは硫黄を包んでいた布ごと地面に置いた。

「もうちょっと大きな布の上でもいいかもな。夜、みんなが寝静まったあとに、これをムーアの入り口に置いておこうと思うんだ。これを踏んでくれれば、靴の裏にこの臭いがつく。あとは鼻のいい相棒に任せれば臭いを辿《たど》ってくれるだろう？」

フフンと得意げにするフランツ。

相棒？　思わずクロードの顔を見てしまったけれど、彼は不思議そうに首を傾げるだけだった。

＊　＊　＊　＊　＊

その日の夜から早速、私たちの見張りは始まった。

真夜中といっても私たちがキャンプを張っている中央には一日中大焚き火が焼かれているので明るい。でも、その明かりが届かなくなる外に一歩踏み出すと、そこは漆黒《しっこく》の闇が支配する世界。どこにムーアの木がそびえているのかすらわからないくらい、本物の闇がずっと果てしなく広がっていた。

一階の救護室にある簡易ベッドで横になっていた私は、「時間だぞ」というクロードの静かな声に起こされた。まだ眠っていたい気持ちを奮い立たせると、彼と見張りをバトンタッチする。

夏とはいえ森の中を渡る夜の風は少しひんやりとするから、肩からかけたショールを胸元で抱くようにして、窓際に置いておいた椅子に腰掛ける。そして気づかれないようそっと外をうかがった。

そうやってずっと外を眺めていると、しだいに空が白んできて人々の起きだす気配がしてくる。そうなると、もう私の見張りも終わり。

その日の夜も、その次も、さらにその次も。

特に何も起こらず、夜は明けた。

このまま何も起こらないんじゃないか。もしかしたら、相手が夜に行動しているかもしれないという私たちの推測自体が外れていたんじゃないかとか、そんな不安が三人の間に湧きあがりつつあった五日目の夜。

半月が薄い光を地上へと静かに落とす夜に、それは起こった。

「カエデ。起きてくれ。カエデ」

クロードの声で、私は眠りから引き戻される。あれ？　まだそんなに眠った感じがしないんだけど、もう私の番なのかな？

のろのろと目を擦《こす》りながらベッドから起き上がる。

外から漏れ入ってくる大焚き火の仄《ほの》かな明かりが、彼のシルエットを浮かび上がらせていた。

「もう交代？」

足元に置いたブーツに足を入れて紐を結んでいると、

「違う。動いた」

いつになく緊張感をはらんだ短い言葉に、私はハッと顔を上げた。

動いた。何が？　聞くまでもない。ずっと私たちが見張っていたナッシュ副団長のことだ。

私はすぐにもう片方の足もブーツに突っ込んでキュッと紐を結ぶと、傍《かたわ》らに置いてあったショールを手に取って肩にかけながら立ち上がる。

「フランツは？」

「さっき起こした。いまは、馬を取りに行っている」

そうクロードが応《こた》えるのと、ムーアの前に二頭の馬が走り寄って止まったのは同時だった。外に出ると、ラーゴに乗ったフランツがいた。彼の手にはもう一頭の手綱も握られていて、私の後について出てきたクロードにその手綱を渡す。

そっか。こっちの茶色い毛並みに黒いタテガミのお馬さんはクロードの馬なんだ。

「カエデ。おいで」

フランツが私の傍にラーゴをつけると、手を差し出してきた。その手を握ると、すぐにグイっと強い力でラーゴの上に引っ張り上げられる。

フランツの前に跨がると、彼はラーゴをクロードの馬の横に寄せた。

「それで、どうやって追いかけるんだ。あの人はもうとっくに、闇の中どこかへ行ってしまったぞ」

クロードがそう尋ねると、フランツは腰に提げたポーチから布のようなものを取り出して、顔を上げたラーゴの鼻に近づけた。

ラーゴはそれを嗅ぐと、ぶるっと頭を震わせる。

フランツはその布を、クロードの馬の鼻にも近づけて嗅がせるとポーチの中へくしゃっとしまった。

「俺たちの相棒は、人間よりはるかに鼻が利くだろ？　ムーアの入り口に仕掛けてあった硫黄にもしっかり足跡がついてた。今ならあの人の靴の裏についたこの臭いを辿って後を追える」

そっか。いまラーゴたちに嗅がせたのは、それと同じ硫黄の香りだったのね。

ラーゴとクロードの馬は、顔を上げると歯茎《はぐき》を見せた。どうやらあれが、馬が臭いを嗅ぐときの仕草みたい。そして二頭は同時に、同じ方向に顔を向ける。

「あっちだ」

ラーゴとクロードの馬は同時にタッタッタと軽快な足取りで進みだした。

大焚き火の柔らかな明かりはあっという間に後ろに遠ざかっていく。キャンプ地を抜けてしまえば、辺りは闇が支配する森の中。

「こんなに暗くて大丈夫なの？」

後ろのフランツに尋ねると、すぐに声が返ってきた。

「馬は人間よりは夜目が利くけど、昼と同じように見えているわけじゃないから走らせないようにはしてる。それに、あっちに追いつきすぎて気づかれても困るしな」

フランツがすぐ後ろにいるのはわかるのに、私の目には暗すぎて、振り返っても彼の姿はまったく見えない。声がするときはいいけれど、黙ってしまうとこの闇の中にたった一人でいるような気持ちになってしまって、ちょっと怖い。

聞こえてくるのは、地面に落ちたムーアの葉を踏む馬の足音のみ。

ラーゴは時折立ち止まって確かめるような仕草をしたあと、また歩き出すというのを繰り返す。

どこに向かっているんだろう。本当にこの先に、あの人はいるのかな。もしこの先であの人を見つけたら、そこに行方不明のお金があったら、私はどうすればいいんだろう。それとも、すべて自分の勘違《かんちが》いで勝手に疑っているだけだったらどうしよう。いらぬ疑いをかけたとなれば罰せられるのは私の方かもしれない。

視界を黒に染められていると、そんな心配がどんどん降り積もってくる。

「もし……もしさ。全部間違いだったら、どうしよう。私の勘違いだったら……」

ついそんな言葉が口をついて漏れ出てしまった。こぼれる声は、思いのほかか細い。

いままで何度も何度も確かめて得た結論だったのに、それでもこんなときになって、いやこんなときだからなのか、揺らいでしまう。不安が大きくなって押しつぶされそうだった。

闇の中。視界に黒色以外何も映らない場所にずっといると、いつしか思考が自分の内側へと潜《もぐ》り始める。

本当は自分の考えが足らないだけで、とんだ勘違いをしているんじゃないのか。あのナッシュ副団長が、横領なんてするはずがない。自分の勘違いで周りを巻き込んで、たくさんの人に迷惑をかけてしまっているんじゃないか。そんな考えがふつりふつりと闇の中から泡のように浮かんできて、怖くなってくる。

身体がぶるっと震えてしまったのは、きっと肌寒さのせいだけじゃない。

そのとき、いつしか固く握りこんでいた私の手に、ふわりと温かく大きなものがかぶさった。

え？　と一瞬驚くものの、そうだ、真後ろにフランツがいたんだったとすぐに思い出す。彼は私の手だけじゃなく、身体ごと包み込むようにふわりと抱きしめてくれていた。

「闇は人を不安にさせるからなぁ」

いつものおだやかなフランツの声が、耳元で囁《ささや》くように聞こえる。

「大丈夫だよ。俺はカエデの直感を信じてる。もし間違ってたらさ、一緒に謝りに行こうぜ」

信じる。その一言が、じんわりと心にしみ込んでくる。今は何よりその言葉がうれしかった。フランツにわかるように大きくうなずくと、彼の大きな手をぎゅっと握り返す。それだけでもう、不安でささくれ立っていた気持ちが嘘のように溶かされていく。

そのとき。ラーゴがゆっくりと足を止めた。すぐ後ろについてきていたクロードの馬の足音も聞こえなくなる。

そして二頭は並んで鼻を鳴らすと熱心に何かの臭いを嗅ぎ始めた。

どうやら、二頭の前に何かあるみたい。

その仕草にフランツも何かを感じたようで、すぐにラーゴから降りる。馬たちの鼻先の方へと行くと、その辺りをペタペタと触って確かめだした。

「なんだろう？　このでかい木の表面はムーアだよな。どうした？　ラーゴ。このムーアが気になるのか？　あれ？　なんかウロみたいなのがある。クロード、明かりもらえるか？」

「いま準備してる」

その言葉とともに、クロードが持ってきていた携帯ランタンに火が灯《とも》った。

ランタンの明かりに、ぼんやりと辺りの景色が浮かび上がる。

確かにラーゴたちの鼻先には一本の大きなムーアがそびえていた。そして、その表面に、子どもならスッポリ入れそうなくらいの大きさの穴が開いているのが見える。

フランツはクロードからランタンを受け取ると、その穴の中を照らして探りだした。

「結構深いな……あ？　なんか光るものがある。なんだ？」

穴の中に身を乗り入れるようにして何かを拾い上げると、指でつまんで見せてくれた。

三人で顔を突き合わせて、今フランツが拾い上げたものをランタンの明かりの下で見てみると、それは一枚の金貨だった。どこからどう見ても普通の金貨。

「他にも何かあったか？」

「いや、これだけ。でも、なんでこんなところに金貨が一枚だけ落ちてたんだろう」

勝手に金貨がウロの中に飛び込むわけもないから、誰かがここに置いたことは間違いない。

「さっきからラーゴがこの辺りをしきりに嗅いでるから、ナッシュ副団長がついさっきまでここにいたことは間違いないよ」

労るようにラーゴの鼻筋を優しく撫でながらフランツが言う。

「おそらく、ここに金を隠していたんだろうな。よほど慌てていたのか、たくさんあったのか。一枚こぼしていることも気づかなかったんだろう」

と、クロード。

やっぱり、そうよね。そうなるよね……。

副団長が西方騎士団のお金をみんなに黙ってここに隠していた可能性は高い。

「でも、じゃあ……副団長とお金はどこに行ったんだろう」

辺りには私たち以外に人の気配はなかった。もし隠れているとしたら、ラーゴが臭いで気づくだろうし。

彼は、そんな大金を持ってどこへ行ってしまったんだろう。

三人とも、フランツが摘まみ上げた一枚の金貨を見つめて押し黙る。

沈黙を破ったのは、クロードだった。

「そういえば、ちょっと気になることを思い出したんだが」

「ん？　何？」

フランツがベルトに提げたポーチに金貨をしまいながら聞く。

クロードは口元に指をあててしばらく考えたあと、確かめるような口調で言った。

「ナッシュ副団長って、この辺りの出身じゃなかったか？」

その言葉に、フランツも、あ！　と目を見開いた。

「そうだ。前に聞いたことがある。西辺境地方のどこかだって言ってた」

二人の会話の真意がわからず、私はきょときょとと二人を交互に見た。

「西辺境地方？」

「ああ。今いるここはその入り口辺りなんだけどさ。王国の一番最西端にあって、未開拓の土地が多いから西辺境って呼ばれてるんだよ」

と、フランツが教えてくれる。

「目立った産業も交易都市もない、かといって肥沃《ひよく》な土地もない。はっきり言ってしまえば開拓民の村や町が点在するだけの貧しい地域だ。といっても王国の最西端に位置する広い地域だから、そのどこにあの人の出身地があるのかまでは私も知らない。だが、わざわざ隠し場所から金を持ち出したというのが気になるな」

クロードはそう言うと、くいっと眼鏡を指で押し上げた。

そういえばそうだ。西方騎士団はムーアの森にまだしばらく滞在することになっていたはず。だからなおさら、今晩、隠していた場所からお金を動かした理由がわからない。考えられるとすると。

「何か、使う目的がここにあるから……？」

「そうとも考えられる。フランツ、どうだ？」

フランツはラーゴのタテガミを静かに撫でながら、ラーゴの様子を注意深くうかがっているようだった。ラーゴは長い首を伸ばして空気の匂いを嗅ぐと、ブルブルと首を揺らしフランツに頭を寄せる。その仕草を見て、フランツは小さくうなずいた。

「あっちにまだ臭いが続いてるみたいだ。行ってみよう」

フランツは再びラーゴに乗った。クロードがランタンの火を吹き消すと、辺りは再び真っ暗になる。一時でも明かりに慣れたせいか、より闇が深くなったように思えた。

深い森に深い闇。

それでもラーゴたちは危なげなく、しっかりとした足取りで森の中をリズミカルに歩いていく。

どれくらい歩いたんだろう。

暗闇の中に月の光がポツポツと頻繁に差し込むようになったころ、突然フランツが手綱を引いてラーゴを止めた。すぐにクロードの馬も足を止める。

「ど……」

どうしたの？　と尋ねようとしたら、すぐさまフランツに手で口を塞《ふさ》がれてしまった。

え？　え？　何？　どうしたの？

訳がわからないでいると、私の耳元で彼が囁いた。

「ここからずっと右手の前方。森が途切れた辺りに、何かの明かりが見える」

明かり？　はじめはよくわからなかったけれど、確かによく見ると視界の右端にぼんやりと赤い円形の光が見えた。ランタンか焚き火の明かりかな。

「ラーゴはまっすぐあそこに向かおうとしてる。なるべく気づかれないように、近くまで行ってみよう」

囁くフランツに、私は黙ってこくこくと頷いた。

あの明かりが見える辺りはムーアの森が途切れているようで、月の光が広く降り注いでいる。赤い明かりのすぐ後ろには大きな壁のようなものがそびえているのも見えた。だからよけいに壁に反射した赤い明かりは一際明るく見えたんだ。

森の端まで近づくと、その壁のようなものの全貌《ぜんぼう》が見えた。ううん。全体が見えたわけじゃない。でも月光に浮かびあがるその長い壁のようなものの正体が何かはわかった。あれは、倒れたムーアの木。いつ倒れたものかはわからないけれど、倒れたときに周りのムーアの枝葉を巻き込んで折ってしまったせいなのか、そこだけ月の光がよく差し込んでいた。

そしてムーアの倒木の前に、灯る小さな明かり。月の光と違うその強い明るさは、人工のものに違いない。ということは、そこに誰かいるということになる。

そびえ立つムーアに隠れるようにしながら、フランツはラーゴをその赤い明かりの方へと近づけさせた。極力足音を立てさせないようにゆっくりと近づいていくと、次第にあの赤い明かりがランタンの光だとわかる。それを手に持つ背の高い人物のシルエットまで確認できた。

やっぱりあれは副団長なのかな。そう思うと、心臓がドクドクと嫌な鼓動を刻み始める。

でも、相手はまだこちらに気づいた様子はなかった。ムーアの倒木に背を預けてうつむいているように見える。

「どうしよう。声をかけてみる？　それともラーゴで一気に傍まで行ってみる？」

「ううん、どうしようか」

小声で後ろにいるフランツと相談していたら、クロードが、

「しっ。誰か来るぞ」

小さく鋭い声で知らせてくれる。

本当だ。ムーアの倒木に沿うようにして、ランタンを頭に掲げた馬が一頭駆け寄ってきていた。初めからいる人影も、それに気づいて顔を上げるとその馬を迎えるように立つ。月の光に照らされたその顔は、間違いなくナッシュ副団長だった。

馬は副団長の前まで来ると足を止め、その背から誰かが降りてくる。降りてきたひょろっとした男性は副団長の前まで行くと何か会話をしはじめた。聞こえてくる二人の言葉はとぎれとぎれでその内容まではわからないけれど、どうやら二人は顔見知りのようだった。

そうか。副団長はここであの人を待っていたのね。でも、何のために？

ううん。私も、たぶんフランツもクロードもその理由にはとっくに気づいていた。そして私の想像どおりのことがすぐ目の前で行われようとしていた。

副団長はランタンを足元に置くと、代わりに足元に置いていた袋を手に取る。それはずっしりとした重みを持っているよう。それを両手で持ち上げると、ひょろっとした男性に渡そうとした。

もう、これ以上は待ってなんかいられない。

あの袋の中身を確かめなきゃ！

「フランツ……！」

「うん。わかってる。いくぞ、クロード」

「ああ」

二人は声をかけあうと、ムーアの木陰から一斉に馬を走らせた。

走り寄ってくる二頭の馬に、副団長もすぐに気づいたようだった。

「ナッシュ副団長！」

私が声をかけると、副団長はぎょっとしたような目で私を見る。

でもその隙に、あのひょろっとした男性が副団長から受け取った袋を抱えて転がるように逃げ出すと、自分が乗ってきた馬の手綱を掴んでよじ上った。彼の馬は慌てて方向を変え、ようやく背にしがみついたばかりの男を乗せて走り出す。

あのまま逃げられたら大変！

その馬をすぐさまクロードが追いかける。彼が凛《りん》とした声で呪文《じゅもん》を唱えると、逃げる馬の前に突然巨大な氷の壁が現れた。

男はすぐさま手綱を引いて壁を避け、別方向に馬を走らせようとする。けれど、その行く先もすぐにクロードが氷の壁で塞いだ。そんなやりとりを繰り返しているうちに、男の馬は氷の壁でできた檻《おり》にすっかり閉じ込められてしまった。

ほっとしたのもつかの間。今度は副団長が声をあげる。

「くそっ。炎矢《ファイア・アロー》！」

副団長が氷の檻に向けて片手を突き出し叫んだと同時に、彼の指先から三本の炎の矢が放たれた。

あ！　と思った瞬間、フランツが副団長の放った炎矢の軌道へとラーゴを駆け寄らせた。そして、いつの間にか抜いていたロング・ソードで炎矢を一振りで叩き落とす。

激しい火花が辺りに散った。

まぶしさに目をぎゅっとつぶる。目を開けたときには、フランツが副団長の前までラーゴを寄せると、彼の首元にロング・ソードを突き付けていた。

ロング・ソードは、赤いオーラを纏《まと》うように輝いている。

「ナッシュ副団長。いくらあなたでも、俺とクロードを一人で相手できるとお思いですか。……観念してください」

フランツの声は、私が聞いたことがないほど低く冷たい。

副団長はフランツと私、そしてクロードを交互に見ると、視線を俯かせて弱い声音《こわね》でぽつりとつぶやく。

「君たちは……気づいていたんだな」

もう抵抗する意思も気力もなさそうだった。

フランツがロング・ソードを下げると同時に、副団長は地面に崩れ落ちるようにガクッと両膝をついた。

そちらも気になったけれど、私が一番気になったのは彼があの男性に渡した袋の中身だった。副団長の方は、ロング・ソードを持ったままのフランツが傍で睨みを利かせているので、逃げられたりする心配もないだろう。

フランツにラーゴから降ろしてもらうと、私はつまずきそうになりながらもクロードが作った氷の檻の方へと駆けていった。

氷の檻の中では、逃げようとしたあの男性が馬とともに閉じ込められている。助けを請《こ》うような目をこちらに向けているのが、分厚い氷越しに歪《ゆが》んで見えた。

指で氷に触れると、思っていた以上の冷たさにびっくりして手を引っ込める。

「ああ。触らない方がいい。いま、解除する」

そう言いながら、クロードも馬から降りると私の隣に歩いてくる。彼が小声で何かを呟《つぶや》くと、氷の一部がみるみる溶けていって入り口のようになった。あの男性はそこから出ようとしたけれど、それを制するようにクロードが右手をすっと前に突き出す。

「動くな」

その一言だけで、男性は怯《おび》えを目いっぱいにたたえてヒッと身体を小さくした。

それでも胸に大事そうにあの袋を抱えている。

それはもう、とても、大事そうに。

私は一歩その男性の方へ歩み寄ると、怖がらせないように精いっぱい穏《おだ》やかな声で尋ねた。それでも、実際出せた声は自分でも驚くほど弱くてかすれていた。

「その袋の中身を……見せていただけませんか？」

そうお願いする。でも、彼は袋をぎゅっと抱きかかえたまま離してはくれない。

今度はもう少し頑張って、はっきりとした声で頼む。

「お願いします。私は西方騎士団で金庫番補佐をしています。とある不明金を追って、ここまで辿り着きました。だから、どうしてもその袋の中身を確かめないといけないんです」

何度か同じ言葉を繰り返して、ようやく彼も諦《あきら》めたのかその袋を私の方に差し出してくれた。

両手で受け取ったそれは、想像以上にずっしりと重かった。

「お、オラは、あのナッシュと同郷の、オットーってんだ」

名乗ってくれた彼に、私は頭を下げる。

「ありがとう、オットーさん。私はカエデと申します」

袋をいったん地面に置いて、袋の口を閉じている紐をほどいてみる。想像どおりであってほしいという気持ちと、間違いであってほしいという気持ち。相反する思いが心の中で絡み合って、胃が痛くなりそう。

紐をほどいて袋を開く。クロードがランタンを掲げてくれた。

その光を受けて、袋の中に入っていたものがキラキラと輝いた。

予想どおり、袋の中に入っていたのは大量の金貨だった。

「ああ、やっぱり……」

口をついて、そんな言葉がひとりでに漏れた。どこかでまだナッシュ副団長のことを信じていたかったのに、目の前の現物はそんなささやかな信頼をも粉々にしてしまう。唇《くちびる》を噛むと、その袋を両腕で抱きかかえて副団長のところへと持っていった。

そしてそれを、未だ項垂《うなだ》れたままの副団長の前へと置く。そっと置いたつもりだったのに大量の金貨はジャラッと大きく鳴った。

「騎士団の帳簿を読んでいて、実際には存在しない買い物をいくつも見つけました。それらを調べているうちに、ここまで辿り着いたんです。ナッシュ副団長。それらの存在しない売買の記帳の訳と、この金貨の出所を教えていただけませんか？」

それでも、副団長は俯いたまま。まるで固まってしまったかのように動かない。

フランツも、もう剣こそつきつけてはいないものの、副団長のことを厳しい目でじっと見つめている。

もう一度同じ言葉を繰り返そうと息を吸い込んだとき、

「あ、ちょっ……！」

慌てたクロードの声が後ろから聞こえてきて、私とフランツは弾《はじ》かれたようにそちらへ視線を向ける。

見ると、オットーさんが転がるようにこちらへ駆け寄ってこようとして、慌てたクロードに首根っこを掴まれ地面に押し倒されたところだった。

オットーさんは倒れながらも、必死に大きな声で叫んでくる。

「ナッシュを責めないでやってくだせぇ！　オラたちが頼んだことなんだ！　ずっとナッシュに甘えて、いけないことをさせてきたのはオラたちなんだ……！」

オットーさんの必死の訴えに、それまで凍ったように地面を見つめて動かなくなっていた副団長もハッとした様子で顔を上げた。

「違うっ。アイツらは関係ないんだ。私が勝手に……したことだから」

両こぶしで土を握って、くぐもった声で副団長は痛みをこらえるように言葉を絞り出す。

私とフランツ、それにクロードは互いに顔を見合わせた。

いつの間にか空が白み始めて、お互いの表情もよく見える。フランツとクロードの顔には明らかな困惑が浮かんでいた。きっと私も似たような表情になっていたに違いない。

お互いに罪をなすり付け合うなら、まだわかる。でも、副団長とオットーさんはお互いに自分のせいで相手は関係ないと言う。相手をかばう様子に、深い事情が窺えた。

もうすぐ夜明け。ということは、そろそろ私たち四人がキャンプ地にいないことに騎士団の人たちも気づいて、騒ぎになっているかもしれない。

でも、いまここできちんと事情を聞いておきたかった。自分の耳で、副団長に疑問を問いただしたかった。

だから、私は副団長の前でスカートを折って、正座をするようにぺたんと座った。事情を聴いて納得できるまでは、絶対ここを動かないからね、って意気込みを瞳にたたえて副団長を見る。

「とにかく。お二人とも、事情を話してもらえますか?」

私に見つめられて、副団長はジッとこちらの目を見つめ返したあと、「ああ、わかった」と頷いた。

彼の目にはもうさっきまでの憔悴《しょうすい》した色はなく、どこか腹をくくったような落ち着いた光が浮かんでいた。

「私はこのオットーと同じ、西辺境の端にあるミュレ村の生まれなんだ。街道からは遠く離れて、土地も荒れ、貧相な作物しか育たない貧しい村だった。それでも、なんとか飢えずに暮らしていくことはできていたんだ。貧しいけど、争いも少ない平和な村だった」

とつとつと副団長は語りはじめる。

クロードから解放されたオットーさんも、副団長のところまで歩いてくると頭を項垂れて副団長の話を聞いていた。

「けれど、今から八年前。大変なことが起こったんだ」

淡々《たんたん》と述べる副団長の言葉に、オットーさんが震えの混ざる声で続ける。

「オラたちの村のすぐ近くに、アレが生えただよ。アレが。……『プランタ・タルタリカ・バロメッツ』が」

ぷらんたたるたりかばろめっつ？

なんのこと？　聞きなれない単語に私の頭の中はハテナでいっぱいになる。

けれど、オットーさんの話しぶりからして、とっても恐ろしげなものだというのだけは伝わってきた。

私にはただそれだけしかわからなかったけれど、フランツとクロードは心当たりがあるみたい。

フランツはいつになく緊張した声で「まじかよ……」と低くつぶやき、クロードも、

「まさか、前回の出現地が。では、その村は……その。大変な状態になったのでは……？」

と、言いよどむ。

それには、オットーさんが首がもげそうなほどに何度も大きく頷いた。

「そうなんでさぁ。壊滅《かいめつ》なんてもんじゃねぇ。家も田畑も……村ごとアイツらに踏みつぶされて、めちゃくちゃさ。なんとか一部の村人たちは命からがら逃げのびたけんども、戻ってみたらどこに村があったのかすらわかんなくなってただ」

村が壊滅⁉

でも、その原因が何なのか知らない私は急に話に置いて行かれてしまって。

慌てて、隣にいるフランツのシャツの裾《すそ》を、ついついと引っ張る。

「ねぇ。そのぷらんたたる何とかって、……何？」

小声でそう尋ねると、フランツはようやく「ああ、そっか。カエデは知らないのか」と気づいてくれた。

「『プランタ・タルタリカ・バロメッツ』ってのは、西辺境地方で数十年に一度起こる自然災害みたいなものなんだ。何の前触れもなくすごい魔力を持った木が生えてくる現象のこと。しかも、金色の羊の実が生《な》るんだってさ」

んんん？　金色の羊の実？？？

頭の中には、メーメーと鳴く金色の羊毛に覆われた羊がたくさん生っている大きな木が思い浮かんだ。

たしかに変わった植物だけど、それが生えるのが自然災害？

なんとも可愛らしい情景にしか思えない。ますますよくわからなくて、眉間にしわが寄ってしまう。

「『プランタ・タルタリカ・バロメッツ』は非常に強い魔力を持っているが、それが問題なんだ。痩《や》せて魔力の枯渇《こかつ》した地にそんなものが生えたら、どうなると思う？」

クロードに問われて、ムーとさらに眉間のしわが深くなる。

んんん……どうなるんだろう。強い魔力のある土地には、魔物が湧きやすくなるんだよね？　だから西方騎士団が巡っているのも魔力が強くて魔物が多い土地が多いもの。だから。

「魔物が……たくさん湧く？」

「そうだ。湧くのか寄ってくるのかはよくわかっていないが、とにかくそれが生えると、それを目指して大量の魔物が集まってくる。そして、その実を奪い合うんだ」

「金色の羊さん？」

「正確には、金色の羊になる前の魔力の塊、らしいがな。だいたい魔物たちに食い尽くされてしまうから、実が羊になるまで残っていることはめったにないらしい。ただ、その木が生えると押し寄せた魔物のせいで田畑も街も村も踏み壊される。しかも問題なのは、その『プランタ・タルタリカ・バロメッツ』がいつどこに生えるかは、まったく予想がつかないってことだ。西辺境地方のどこかで数十年に一度生えるらしいが、一口に西辺境地方といっても広大だ」

そ、そうなのね……。それは確かに、自然災害だ。

大量の魔物が村に押し寄せる様を想像して、怖くなった。震えそうになる身体を両腕で抱く。

クロードの話はまだ続いていた。

「一応、歴代の出没時期は初夏から秋口にかけての期間だったから、その時期に西方騎士団がここまで来ることは慣習になってはいる。しかし、夏の間中ずっとここにいるわけじゃないし、生えたのが確認できたところで西辺境地方は広すぎて被害が起こる前に駆け付けられるとは思えない。実際に八年前に起きたときは間に合わなかったはずだ。俺もフランツも騎士団に入る前だったから、噂《うわさ》程度にしか知らないが……相当ひどい状態だったというのは聞いたことがある」

そして気遣うような眼差《まなざ》しを副団長とオットーさんに向ける。

オットーさんは当時のことを思い出したのかクシャっと泣きそうになり、副団長はジッと地面の一点を見つめていた。

副団長の普段は穏やかな目元が、辛《つら》そうに歪む。

「そうだ。西方騎士団は間に合わなかった。地域を統括する領主の領兵たちすら恐れて一人も来なかったんだよ。そして……私たち騎士団が着いたときにはもう、どこにミュレ村があったのかわからないほどの惨状になっていた。私の両親の遺体も結局、見つからなかったよ」

そんな状態になった故郷を見たとき、副団長はどれほどの悲しみに襲われたことだろう。私には想像することすら、とうてい及ばなかった。

皆が、口をつぐむ。

ただ森を吹き抜ける風だけが、悲しい声で時折ヒューと鳴っていた。

しばらくの沈黙の後、再び副団長が話し始める。

「ミュレ村は結局、残った村人たちだけで別の離れた場所に村を再建することになったんだ。でも、もともと貧しかった村だ。魔物たちの襲撃で、わずかな蓄えもすべて失われた。だから、私は私財を投入して村の再建を助けたんだ。でも、それだけじゃとうてい足らなくて……」

副団長はゆっくりと顔を上げると、私を見た。

「カエデ。あとは君が突き止めたとおりだ。村を助けるために、自分が騎士団の金庫番という要職にあったことを利用して騎士団の金を横流しするようになるまで、さほど時間はかからなかった。私はずっと、騎士団を裏切り続けていたんだ……」

私の予想が当たってしまった。やっぱり副団長は横領をしていたんだ。

再び、みな一様に黙り込む。

その沈黙を破ったのは、フランツだった。彼は私の前に置かれていた金貨の袋を抱き上げると、袋の口をキュッと紐で結んでラーゴの背に乗せた。

「事情はわかったことだし。ひとまずキャンプ地へ帰ろう。きっともう、俺たちがいなくなってることにはみんな気づいてるだろうしさ。それに……事情はどうであれ、ここから先のことは団長や王都の騎士団本部が決めることであって、俺たちがどうこうできるものじゃない」

「うん。そうだよね……」

私が調べたかったのは、事実を解明するところまで。ここからはもう、私が任された仕事の範《はん》疇《ちゅう》を超えてしまう。

立ち上がると、スカートの裾についた落ち葉を払う。朝露がしみ込んで、スカートはじっとりと重くなっていた。

もうすっかり夜は明けている。騎士団の人たちも起きだして、朝の作業を始めているころだろう。そして、私たち四人と馬が二頭消えていることにもとっくに気づかれているはずだ。

「みんな心配してるよね」

「どっちかっていうと、何が起こったんだろうって不審がられてるだろうな。俺やカエデだけならともかく、まじめなクロードや副団長までいなくなってるわけだし」

うんうん。そうだよね。私とかフランツなら、朝方いなくなってもラーゴでどこかに散歩に行ったのかなくらいしか思われなさそうだけど。クロードや副団長はそんなことしなさそうだもんね。

私はフランツとともにラーゴに、クロードの馬には後ろにナッシュ副団長を乗せてもらって、オットーさんは自分の馬で、西方騎士団のキャンプ地へ戻ることになった。

馬に乗るときクロードがオットーさんに、「逃げようとしたら、後ろから氷の矢を射るからな」

なんて脅《おど》すものだから、オットーさんはヒッと首を縮めてますます怯えていた。

私の前に金貨の袋があるので、ラーゴの背から落っこちないように手で押さえる。

来たときは暗闇の中を慎重に歩きながら来たから時間がかかった。けれど、帰りはすっかり日が昇った森の中を馬で駆けて戻ったので、あっという間にキャンプ地へと戻ってくることができた。

このあと、団長に今回のことを洗いざらい説明しなければならない。そうなると、当然ナッシュ副団長は罰を受けることになるだろう。それを考えると、どうしても気持ちが沈んでしまう。

副団長が背負い込んでいた事情を知ってしまった今となっては、彼に同情する気持ちがないといったら嘘になる。その反面、騎士団のお金は身体を張って魔物たちと戦う騎士さんたちにとって文字どおりの生命線。横領されていなければ、買えたはずのポーションや防具類、食料などがたくさんあったはず。それを思うと、やっぱり憤《いきどお》りを感じた。

その相反する気持ちが胸の中で渦巻いて苦しい。

けれど、キャンプ地へ戻ってみると、いつになく慌ただしい空気が漂っていた。

キャンプ地の入り口に馬を置き、副団長とオットーさんも連れて大焚き火のところまで来た私たちは困惑してしまう。

なんだか、キャンプ地の中がとてもざわざわしている。騎士さんたちだけじゃなく従騎士さんや後方支援の人たちもみんな忙しそう。キャンプ地のあちこちに荷馬車が準備され、慌ただしく荷物を積み込んでいた。

はじめは自分たちがいなくなったことで、騒ぎになっているのかと思ったけど、ここまで来ても誰も私たちに声をかけてこない。

ということは、キャンプ地の中が慌ただしいのは別の理由みたい。

「どうしたんだろう」

「誰か捕まえて、事情聴くしかなさそうだな。あ、おい！　テオ！」

ムーアの前に横付けした荷馬車へ食材庫の食料を運びこんでいたテオを見つけて、フランツが声をかける。

「あ、フランツ様！　どこにいらしてたんですか⁉」

テオも凍った肉の塊を抱えたまま駆け寄ってくる。

「どうしたんだ。これ。なんか急に、移動命令が出たみたいな……」

「そうなんです。今朝がた急に出発命令が出て。準備ができしだい、ここを発つそうです」

「え……なんでそんな、急に……」

昨日の夜までは、あとしばらくここに滞在して魔物討伐を続ける予定になっていたはず。それが、急に出発することになるだなんて。

テオもその理由は詳しくはわからないようだったので、他に詳しそうな人を捕まえようかとフランツがキャンプ地の中に目を走らせた、そのとき。

頭の上から、聞き慣れた声が降ってきた。

「お前たち！　そこにいたのか！」

ムーアの上の窓から身を乗り出して声をかけてきたのは、ゲルハルト団長だった。

「ちょっと待ってろ。いま、そっち行くから」

その言葉どおり、彼はすぐにムーアから下りてくると私たちの方へ駆けてきた。

そして、私たち三人、それに副団長とオットーさんを順に見ると、スッと目を細める。

「あ、あの！　団長に報告したいことがありまして！」

そう告げる私の言葉を、団長は大きくうなずいて受け止める。

「ああ。あとで移動中に聞く。それより、今は急いで出発準備をしてほしい。ナッシュとその男はこちらで預かる。フランツとクロードは持ち場に戻れ。カエデは、救護班の準備が終わったら、俺のところに来てほしい」

団長は私たちを見ただけで、だいたいの事情を察したようだった。

そこにクロードが一歩前に出て、団長に言う。

「出発準備とはどういうことですか。昨日の会議では出発はまだ先だと……」

時間が惜しいのか、団長はクロードの言葉を途中で手で制する。いつもの気安い雰囲気はすっかりなりを潜《ひそ》め、その茶色い瞳には鋭さが増していた。そして団長はナッシュ副団長に気遣うような視線を向ける。

「ナッシュ。それから他のみんなもよく聞いてほしい。西辺境地方にあるギュネ山付近で『プランタ・タルタリカ・バロメッツ』が発生したとの情報が寄せられた。西方騎士団はただちに、現地へ向かう」

その言葉に真っ先に反応したのは、意外にもそれまで借りてきた猫のように肩をすぼめて黙って私たちについてきていたオットーさんだった。

「ギュネ山⁉　なんてこった……。なんて……。なんでこうも、神はオラたちを見放しなさるんだっ」

そう叫ぶと、オットーさんは頭を抱えてその場にうずくまった。

そこにナッシュ副団長の呟きが重なる。目はうまく焦点《しょうてん》を結べないのかうつろで、声はひどく掠《かす》れていた。

「ギュネ山の麓に……移転した私たちの村があるんです……。やっと再建しつつあるところだったのに。どうして……」

その問いに答えられるものはいなかった。

第五章　村を救うカギは帳簿にあり？

私は救護班のサブリナ様たちと合流すると、急いでムーアの中の荷物を荷馬車に積み込んだ。この不思議なムーアのキャンプ地をこんなふうに急いで発《た》つことになるなんて思いもしなかった。名残《なご》り惜しいけれど、いまは感傷《かんしょう》に浸っている場合じゃない。

荷物をすべて積み終えると、私はサブリナ様に断って、ゲルハルト団長のところへ向かった。この移動中に昨晩起こったこと、そしていままで私がフランツとクロードに協力してもらって調べてきたことを団長に伝える約束になっていたからだ。

「お、カエデ、来たな。もう準備はできたのか？」

「はいっ」

「よし。じゃあ、そこの荷馬車に乗ってくれ。馬の上じゃ話しにくいからな」

指示された荷馬車に乗り込む。荷台の前半分は木箱などの荷物が乗っていたけれど後ろ半分は空いていた。後方の空いているところに座ると、すぐに団長もひょいっと乗ってくる。そして彼は胸から提げた笛をピーっと鳴らした。

「じゃあ行くぞ！　用意はいいか？」

団長の掛け声に合わせて、馬や荷馬車に乗り込んだ団員さんたちは「おー」と一斉に声を返す。それが出発の合図。すぐに私たちの乗る荷馬車もガタンと動き始めた。

この荷馬車の後には団員さんたちの馬や他の荷馬車たちもついてくる。後方の少し離れたところで隊列を護衛するように馬に乗るフランツとクロードが見えた。そしてさらに後方にレインが御者《ぎょしゃ》をする救護班の荷馬車も見える。

ナッシュ副団長とオットーさんの姿はここからは見えないけど、出発する前に別の荷馬車に他の団員さんたちと一緒に乗せられているのを見かけた。自分の馬と引き離されたのは、逃亡しようとするのを避けるためなのかもしれない。

西方《せいほう》騎士団の列は、ムーアの森を走り抜ける。

急いでいるからか、いつもの移動のときよりも加速が速い。その分、荷台はガタガタと揺れるので、私は荷台の端をつかんで身体《からだ》を安定させた。その揺れにも慣れてきたころ、「よいしょ」と荷台の向かい側に団長が腰を下ろした。彼は荷台の縁に身体を預けると早速《さっそく》話を振ってくる。

「さてと。昨晩あったことを話して聞かせてもらえるか？」

彼の方に向いて座りなおすと、私は大きくうなずいた。

そして、団長に洗いざらいすべてを話した。金庫番補佐を任されてから、ナッシュ副団長が記帳していた西方騎士団の帳簿をくまなく調べてみたこと。その結果、いくつも実態のない売買を見つけたこと。他の団員さんたちから裏付けを取ってみてもどうしても使い道の判明しない金銭の行方《ゆくえ》が気になった私は、フランツやクロードとともにナッシュ副団長の動向を探っていたこと。

そして昨日、証拠現場を押さえたこと。

団長は顎《あご》に手をあてたまま、ときおり相槌《あいづち》を打ちながら私の話にじっと耳を傾けている。

私が伝えたかったことすべてを言い終わったあとも、団長はしばらく考え込んでいる様子だった。

何を考えているのか、予想はできてもすべてはわからない。

副団長の処罰をどうするかということや、彼の抜けた穴をどうするのか、同じことが起こらないようにするにはどうするか。そんなことを考えているのかもしれないし、もしかすると私が考え付くよりももっと多くの問題が彼の目前には露《あら》わになっているのかもしれない。

私も黙ってそのまま待っていると、団長の視線がようやくこちらに戻ってくる。彼は口の端を上げると口元に笑みの形をつくった。

「ありがとう。よくそれだけ、調べ上げてくれた。本当に礼を言うよ」

そう言いつつも、団長の目は笑ってはいなかった。

真実がわかったからといって、それで何もかも万事解決というわけではない。むしろ大変なのはこれからだろう。

「あの……ナッシュ副団長は、どうなってしまうんですか？」

ずっと気になっていた疑問を団長にぶつけてみる。団長は、「そうだな」と小さく答えたあと、列の後方に目をやった。たぶん、ここからは姿は見えないけれど、ナッシュ副団長のいる方を見ているんだろう。

「アイツからも、話を聞いてみるしかないだろうな。あと、アイツの同郷っていうオットーとかいう奴《やつ》からもな。裏付けも取らにゃならんが、最終的な判断は王都に帰ってからになるだろう。ただ、いままでどおりに金庫番の仕事を任せるわけにもいかない。どうしたものかと悩むが……とりあえず、今は目の前の重大問題を最優先にするしかないだろうな」

「『プランタ・タルタリカ・バロメッツ』……ですね」

「そうだ。まずは、その被害を最小限に食い止めるのが最優先だ。アイツらの故郷も近いというし。今度こそ守ってやりたいからな」

そう言って団長は、くしゃっと笑った。

そうだよね。いま最優先するべきは人命救助。西方騎士団の列は、確実にその『プランタ・タルタリカ・バロメッツ』に近づいている。そこにどんな光景が広がっているのか、想像するだけで湧《わ》き上がる不安に胸が押しつぶされそうだった。


ムーアの森を出た辺りで西方騎士団の列はいったん止まり、そこで二手に分かれることになった。

一つは騎士さんたちを中心とする先発隊。一刻も早く現地に到着するために人と馬だけで構成される隊だった。騎士さんと従騎士さんたち戦闘要員の人たち、それに救護班やバッケンさんたち修理班もこちらの隊で行くことになる。

もう一つは、荷馬車中心で構成される運搬隊。こちらは騎士団のテントや調理器具などの荷物を運搬する荷馬車で構成されていて、近くの街で食料などの必要な物資を補充したあと先発隊を追いかけてくることになっていた。

私はどちらの隊で行けばいいんだろう。迷いながらも、とりあえず先発隊として同行するサブリナ様やレインと一緒にポーションや薬の類《たぐ》いを荷台から下ろす作業をしていると、フランツが駆け寄ってきた。

「カエデは、どうするんだ？」

彼の緑の目が心配そうな色をたたえている。きっと彼は、私が運搬隊で行くと言えば安心するん

だろうな。そう思うと、少し申し訳なく感じるけど、

「私、先発隊と一緒に行くことにする」

やっぱりそう決心した。

だって、サブリナ様とレインは先発隊で行くんだもの。私にはお二人のようなヒーリングの力はないけど、ずっと一緒に救護班で活動してきたんだから簡単な応急処置や薬湯の管理ならもうできる。そしてなにより、少しでもお二人のサポートをしたかった。

「そっか……。でも、くれぐれも無理はするなよ」

なおも不安そうに言うフランツ。私よりも彼の方が、よっぽど危ない前線に立たなきゃいけない立場のはずなのに。

私は彼をこれ以上不安がらせたくなくて、努めて明るく答えた。

「大丈夫よ。救護班には腕の立つレインもいてくれるし。先発隊っていっても、私たちは一番後ろでみんなを救護するのが役目だもの」

まだ彼は心配そうにしていたけれど、「そっか」とだけ小さくつぶやき、突然私の身体に腕を回してギュッと抱きしめてきた。

突然のことに驚いて声が出ない。

だけど、彼の気持ちは痛いほどよくわかる。私も本当は怖くてたまらないんだ。だから、フランツの背中に両手を回して抱きしめ返した。

胸当てごしなのに、彼の温かさが伝わってきてお互いの体温が混ざり合う。

こんなときなのに。いや、こんなときだからこそ、なのかな。私たちのことをからかう人も、咎《とが》

める人もいなかった。

お互いを確かめ合うように抱き合ったあと、どちらからともなく身体を離すと顔を見て微笑《ほほえ》みあった。

大丈夫。きっと大丈夫。またこの笑顔《えがお》に会えるよ、すぐに。

そう意識にしみ込ませるように何度も心の中でつぶやいた。

「じゃあ、また。あとでな」

「うんっ、またね」

そんな短い挨拶《あいさつ》を交わしてフランツが先頭の方に戻っていくのを見送ったあと、私はまた荷作りに取り掛かった。

先発隊には荷馬車は同行しない。馬だけだから、荷物は自分たちでリュックサックやカバンに入れて持っていくしかないんだ。だから必要最小限しか持てないのだけど、食料の他にポーションや薬草、薬湯を作る鍋《なべ》などはどうしても必要になる。そういった救護班の荷物は、レインと私、それに他の団員さんたちにも手伝ってもらって手分けして持ち運ぶことにした。

騎士さんたちは、それぞれ最低限の食料と水を持っていく。それに加えてフランツのような前衛職の人にはポーションもいくつか持っておいてもらうことにした。

修理班のバッケンさんたちは、何やら大工道具のようなものを入れた荷物を馬にくくりつけていた。

私も薬草とポーションを運搬用の大きなリュックに入れて、よいしょっと背負う。

さて。荷馬車がないから、誰かの馬に乗せてもらわなきゃいけないよね。一番頼みやすいのはフランツだけど、彼は戦闘になればすぐに魔物に向かっていかなければならないから後ろに乗せてもらうわけにはいかない。それはクロードやテオ、アキちゃんも同じ。

サブリナ様はレインの馬に乗せてもらっているけど、三人はきついだろうな。

うーん、どうしようと迷っていたら、手を差し出してくれた人がいた。

がっしりとした太く、日焼けした腕。

「ほら。こいつに乗るといい」

見ると、その手はバッケンさんだった。相変わらず怖そうな顔。ちょっと苦手な相手だったけれど、今はそんなこと言ってる場合じゃない。

私は差し出された彼の手を握る。

「お願いします！」

バッケンさんは黙ってニッと口角を上げると、私の手を引いてグイっと身体を馬上へと引き上げてくれた。

すぐにピーっと笛の音が響く。団長の笛の音。出発の合図だ。

その合図とともに先発隊は、運搬隊を置いて走り出す。バッケンさんの馬も、先発隊の列の中ほどを走っていた。

そのあとは、ひたすら進み続けるのみ。普段は夜間に馬で走ることはしないけれど、このときばかりは日が落ちたあともランタンを掲げて走り続けた。

途中、馬を休ませるために止まったときだけ、人も食事をしたり仮眠をとったりできる程度。そうして馬たちが疲労に耐えられるギリギリのペースを見極めながら、最速で先発隊は『プランタ・

タルタリカ・バロメッツ』が出現したとされる西辺境地方のさらに最西端へと向かった。

＊　＊　＊　＊　＊

そうやって走り続けた数日後の朝、西方騎士団はついに王国最西端にたどりつく。

見える景色は、ところどころに痩《や》せた林が点在する痩せた土地ばかり。視線を上げれば、遠くに高い山脈が見えた。その一つが、ギュネ山なんだそうだ。

この辺りまでくると、私たちの他にも同じ方向に向かって走るモノたちが現れていた。

そう。『プランタ・タルタリカ・バロメッツ』へと向かう魔物の群れだ。

見たことのある魔物もいれば、知らない魔物もいる。でも、一番多く見かけるのは、私も知っている魔物。あの大きくて丸いイノシシのような魔物は、ビッグ・ボーだ。

いつもなら西方騎士団は危険な魔物を見かけ次第討伐《とうばつ》するのだけど、今は『プランタ・タルタリカ・バロメッツ』への一刻も早い到着を最優先するために、魔物たちは無視して進んでいた。

はじめは数頭の集団がぽつぽついる程度だったのに、あのギュネ山に近づくにつれて魔物の群れはどんどん大きくなっていく。それを見て、私は怖くなった。この魔物たちが一度に集まったら、どうなっちゃうの？

つい、掴《つか》まっていたバッケンさんの背中にぎゅっとしがみついてしまったら、彼が話しかけてきた。

「集まり始めてやがる。バロメッツが成長を始めたようだな」

「……このまま進むと、どうなるんですか？」

同じ方向に向かって走る魔物たちが視界に入ると怖くなるので、バッケンさんの背中だけを見るようにしていた。

「バロメッツに集まった魔物たちは、我先《われさき》にとあの木を登り始めるから大混乱だ。そして運よく実を食えたものは、大量の魔力を身体に取り込んで変異する」

「変異……」

「化け物が、さらにどでかく魔力の高い化け物に変化するのさ。そいつが、この地域一帯を支配する魔物の王になるんだ」

「王……」

いままでさえ怖いと感じる大きさの魔物がさらに巨大化するなんて考えたくもなかった。でも、私たちが進む先には、すでに変異を遂げた魔物がいるかもしれない。もちろん、それを討伐するのも西方騎士団の仕事だ。

私は、これから起こることを思って、ごくりと生唾《なまつば》を飲み込んだ。

周りを並走する魔物はどんどん増えていく。

もう、右を見ても左を見ても、魔物の茶色い毛並みが視界から消えることはなかった。

そのとき先発隊の先頭から、ピーっという笛の音が聞こえる。

私はその音で弾《はじ》かれたように顔をあげた。

団長の笛の音が聞こえたということは、もしかして到着したの？

バッケンさんの背中をよけて恐る恐る先頭の方へと目を向ける。ここは坂道になっている丘の斜面のようで、前方が遠くまでよく見渡せた。

「見えたぞ。ありゃ、間違いない。『プランタ・タルタリカ・バロメッツ』だ」

バッケンさんの唸《うな》り声とともに、視界に飛び込んできたそれ。

このまままっすぐ進んだずっと先に、金色の光の塊《かたまり》がある。よく見るとそれは全体が黄金色の光を放つ大樹だった。

「あれが……」

『プランタ・タルタリカ・バロメッツ』と呼ばれる黄金色した魔法の木。その周りはまるで茶色のじゅうたんで大地が覆《おお》われているんじゃないかと錯覚しそうなほど、ビッグ・ボーをはじめとするたくさんの魔物たちが群がっていた。

しかも、その実を我先に獲得しようと攻撃しあっているらしく、バロメッツの木の辺り一帯は大混乱をきたしているように見える。

木に向かおうとしている魔物の群れと、逆走してくる魔物の群れがぶつかり合う。互いに攻撃しあい、踏みつけあい、パニック状態になっていた。

そして。

私たちが今いる地点と、バロメッツの木。そのほぼ中間地点の左側に少しずれたところに、明らかに人の集落と思《おぼ》しきものが見えた。周りをぐるっと壁のようなもので囲まれていて、その中に民家の屋根らしきものがいくつも見える。

あれは村かしら。ということは、あれがナッシュ副団長の故郷の村⁉

でもその村は、今にも魔物たちの茶色いじゅうたんに飲み込まれてしまいそうになっていた。

「俺《おれ》たちは、あの村に向かう。いいな」

「はいっ」

刻一刻と近づいてくる壮絶な景色。もう怖いなんて言っていられなかった。私は気持ちを奮い立たせるために、意識して大きな声で返事をする。

バロメッツの木に近づくにつれ、先発隊の隊列はゆるやかに二手に分かれ始めた。

一つは、バロメッツの木へ直接向かう列。もう一つは、村に向かう列だ。

当然、フランツはバロメッツの木へ向かう列にいるのだろう。私は、身体を起こすと声を張り上げ、片手を振った。

「ご武運を！」

合わせて、周りからも同様の声があがる。

それに対して、バロメッツの木へ向かう列からも声が返ってきた。

「そっちも頑張《がんば》れよ！」

「頼んだぞ！」

剣や武器を掲げて、応えてくれる団員さんもいた。

その列の先頭に高く剣を掲げる背中が見えた。一瞬だったけど見えた、赤く魔力のオーラを纏《まと》ったロング・ソード。あれは、きっとフランツだ。

その後ろ姿を見た瞬間、目に涙が滲《にじ》みそうになる。でも、目に力を入れてそれを堪《こら》えた。

ご武運を。どうかご無事で、フランツ。そして、クロード、テオ、アキちゃん……騎士団のみんな！

バロメッツの木へ向かう列とこちらの列はみるみる離れていく。

こちらの列はまっすぐに村へ向かっていた。

なんとか彼らから意識を引きはがすと視線を前へと向ける。そうだよ。私は私で、こっちでできることをしなきゃ。

村へと向かう道筋にはたくさんのビッグ・ボーたちが蠢《うごめ》いていた。そこに鋭い詠唱《えいしょう》とともに赤い炎の塊が落ちる。ナッシュ副団長の放った炎の魔法だった。

遠距離から広範囲に炎の魔法を撃つことのできる副団長は、こちらの列にいるらしい。

村の周りに蠢いていた魔物たちが炎の力で倒され、蹴散《けち》らされて道ができた。そこを騎士団の馬は通り抜けて、ようやく私たちは村へと到着する。

村は、バリケードのような木の壁で周囲を覆われているようだった。けれど、急いで突貫《とっかん》で作ったもののようで、すでに一部が決壊してしまっていて、そこからどんどん魔物が入り込んでいる。

真っ先にナッシュ副団長の馬がその穴から村の中へと駆け込む。私たちの乗る馬もそれに続いて村の中へ駆け込んだ瞬間、詠唱が響いた。

「炎　矢《ファイア・アロー》！」

村の中へと入り込んでいた魔物たちを、ナッシュ副団長の炎の矢が的確に射抜いていく。

バッケンさんは、馬を村の中に入れるとすぐに壁の内側で馬を止めた。修理班のお弟子さんたちの馬も次々と集まってくる。

彼らは素早く荷物を下ろすと、辺りから木材などをかき集め始めた。そして、この村へ向かっていた騎士団の馬がすべて村の中に入ったのを確認するやいなや、すぐさま集めた材料でその穴をふさぎ始めた。

その手際《てぎわ》は惚《ほ》れ惚《ぼ》れするほど鮮やかで、馬が余裕《よゆう》で通れるほどの大きさがあったあの穴があっという間にふさがってしまう。これでもう、ここから魔物が入ってくる心配はなさそう。

一方、村の人たちはというと。

魔物たちの侵入に怯《おび》えて家などに隠れていたようだったけれど、騎士団の姿を認めて、注意深く様子をうかがうようにしながら数人が出てきた。

だけど、その警戒まじりだった目が、馬上のナッシュ副団長を見て一瞬で変わったのが私にもわかる。

「ナッシュ！　ナッシュなのか⁉」

「じゃあ、騎士団が……⁉」

「ああ、……助かった」

その声に、家の中に隠れていた人たちも次々と外へ出てくる。

けれど、歓喜の声をあげてナッシュ副団長の周りに集まってこようとする村人たちを、副団長は静かに手で制した。

「西方騎士団副団長の、ナッシュ・リュッケンです。我々西方騎士団は、『プランタ・タルタリカ・バロメッツ』の被害からここを守るために来ました。いま、ゲルハルト団長率いる我々の主要部隊がバロメッツの木の周辺の魔物討伐を行っています」

そう語るナッシュ副団長の顔は、故郷に帰ってきた人のソレではなかった。彼は一騎士団員として事態にあたろうとしているように見えた。

その声に呼応するように、ドーンという音と地響きが起こる。あれはおそらく攻撃魔法がさく裂した音だろう。

振動は一度ならず、何度も繰り返された。それは、それだけ戦闘が激しいことを意味している。

そんな中、不安と期待が入り混じった村人たちに、副団長は宣言する。

「我々西方騎士団は皆さんとともにあります！　なんとしても被害を最小限に抑えてこの難局を乗り越えましょう！」

そして、最後に一瞬だけ。ナッシュ副団長は緊張に張り詰めていた顔をぎゅっと歪《ゆが》ませた。

「なんでうちの村だけこんな目に何度もあわなならんのだ。神はなんでそうも、この村にばかり試練を与えなさるんだって憎くもなる。だけん、いまそんな恨《うら》み言《ごと》言うても仕方ない。今度こそ……今度こそ、誰も欠けることなく全員で生き残ろう。西方騎士団も全力で助ける。だから、みんなも、ともに戦ってくれ‼」

発された彼の素《す》の言葉。

それに呼応する声が、村のあちこちからあがった。彼のその一言で、村人たちの心は力を取り戻したようで、暗く沈んでいた顔に希望の兆《きざ》しが宿る。

一方的に頼るのではなく、ともにこの難局を乗り越えよう。そういうやる気が、村人たちの間に生まれ始めているように思えた。

その後、村長さんをはじめとする村の代表者たちから、まずは現状の報告を受けることになった。

村長さんは、オットーさんとよく似た風貌《ふうぼう》のひょろっとした中年男性だった。聞くところによるとオットーさんのお兄さんのコットーさんという方らしい。

彼らの話で、この村の現状がだんだん把握《はあく》できてきた。

『プランタ・タルタリカ・バロメッツ』の苗木が確認できたのは、十日ほど前。家畜を放牧していた少年が、たまたま金色に光る膝丈《ひざたけ》ほどの苗木を発見したのだという。

村人たちの多くはまだ八年前に生えた木を覚えていたので、それがバロメッツの苗木だとすぐに判断できたのだそうだ。そこですぐさまここを治める領主に救助要請を行い、その領主を通じてムーアの森に滞在していた西方騎士団に救助要請が来たらしい。

村人たちもすぐに近隣の街や村に避難しようとしたのだそうだけど、今回の『プランタ・タルタリカ・バロメッツ』の成長は想像以上に早く、一日もたたずに成木へと成長してしまって村の周辺には魔物たちがうろつき始めた。

仕方なく村人たちは、家を作るための資材としてとってあった木材などを使って村の周囲に壁を作って籠城《ろうじょう》するしかなかったのだという。

「実がつきはじめたのは、ここ数日のこと。いよいよ周りは魔物の海のようになっとります。壁も、木に近い方を厚くはしてますが今にも突破されそうで。そんな折、手薄にしていた後方が決壊したものですから、もはや時間の問題とあきらめておりましただ」

そう、村長さんは青ざめて言った。

バロメッツの木の周りにいた無数の魔物たち。あれが村の中にもっと入り込んできていたら、きっと村の中は踏み荒らされ、家も何もかも壊されてしまったことだろう。この村の周りを囲む木製の壁。これがまさしくこの村の生命線だった。

そのとき。サブリナ様が村長さんに声をかける。

「私はヒーラーをしております、サブリナと申します。怪我《けが》をした人がおりましたら、すぐにご案内いただきたいのですが」

村長さんはそんなサブリナ様を「おおっ」とありがたそうな目で見る。

「先ほどの魔物の侵入で、数人が襲われてしまいました。いま、案内させます！」

すぐに村の若者がサブリナ様を怪我人の元へと案内する。

レインはサブリナ様を馬から下ろしたあと、バッケンさんたちによって壁の穴が埋められる前に再び馬で村の外へ出て行ったようだった。彼は外で戦う団員さんたちの間を馬で回りながら癒《いや》しているのだろう。

「よし。我々は、壁の補強に回ろう。木材と、あれば鉄板がほしい。それから木材が足りないようなら、ばらしやすそうな家を壊して木材をいただいても構わんか？」

と、バッケンさん。

「は、はいっ……それはもう」

村長さんの返事にバッケンさんは一つ頷《うなず》くと、後ろに控えていたお弟子さんたちに声をかける。

「いくぞっ。俺たちは俺たちの仕事をきっちりこなせ！」

「「はいっ」」

私はポーションなどの入ったカバンを背負いなおすと、サブリナ様たちの後をついていった。

連れていかれたのは、村の中央にあるひときわ大きな石造りの建物。この村の中で一番頑丈《がんじょう》そうなそこは、この村の教会だった。

中に入ると、すぐに礼拝堂がある。いつもは並んでいるのだろう椅子《いす》は隅にやられ、その床に村人が数人横たえられていた。壁際にも座り込んでいる人が五、六人いる。

サブリナ様はすぐさま床に伏せている一人のところへと駆け寄った。そして怪我の具合を確認すると、さっそく一番症状の重い怪我へ手のひらを向けてヒーリングの力を使い始める。

私は壁際に座り込んでいる男性のところへ行くと、リュックを下ろして傍に跪《ひざまず》いた。怪我の状態を確認するために彼の袖《そで》をまくると、赤く大きく腫《は》れているのがわかる。私が少し腕に触れただけでも彼は痛そうに顔を歪めた。どうやら折れているようだった。骨折の怪我なら、団員さんたちの手当てを何度も手伝ったことがあるから、私にもできる。

でも、リュックの中にあるポーションを使うかどうかは、はたと迷ってしまった。

ポーションを飲ませれば、この腫れはすぐにひくだろうし骨がつくのも格段に早くなる。でも、ポーションの数は限られているもの。

今後、ポーションをすぐに使わないと命の危険にかかわる怪我人が出てくるかもしれない。これからどれだけ多くの怪我人が出るかもわからない。

だから少し迷ったけれど、彼にはポーションを使わずに手当てをすることにした。リュックから念のために持ってきていた添え木用の枝を充《あ》てると、包帯を巻いて固定する。

そうして、壁際にいた軽傷の人たちの手当てを順番にしていった。

でも、怪我人はどんどん運ばれてくる。

どうやら、また壁の一部が魔物に突破されて、その壁を補修しようとした人たちが数人魔物に襲われてしまったようだった。中には、バッケンさんのお弟子さんの一人もいた。

怪我は打撲《だぼく》に骨折、それから魔物に噛《か》まれた裂傷《れっしょう》がほとんど。

持ってきていた添え木用の枝をほぼ使い終わってしまったので、手当てがひと段落したら教会の外に添え木になりそうなものを探しに出てみた。庭に出ると、置いてあったタキギが目に入る。そうだ、これを使おう。壁にたてかけてあったおので添え木にできるくらいにまで慎重に細くする。何本か上手《うま》く形を整えられたので腕に抱えて教会に戻ろうとしたときだった。

突然声をかけられたので顔を上げると、村の青年がこちらに走り寄ってくる。彼は、きょろきょろと辺りを見回しながら尋ねてきた。

「あの……教会にいる、カエデちゅう人を探してるだけんども」

「あ、はいっ。私がカエデですが」

そう答えると、青年の顔がパッと明るくなる。

「あっちの壁の向こう側におる、レインっちゅう人が呼んでるから呼びにきただ」

「え、レイン⁉」

レインは、たしか壁の外で騎士さんたちの治癒《ちゆ》にあたっていたはず。彼が私を呼んでる？

「いま、行きます！」

タキギはとりあえず脇《わき》に置いておくことにして、その青年についていった。

その途中に見えた村の景色は、ここに来たばかりのころとは一変している。

あちこちに取り壊し中の家があった。あれはどうやら、壁補修用の木材を確保するために木造の家を壊しているみたい。さらに壁に近づくと、騎士団の人たちだけでなく村の人たちもたくさん働いているのが目に飛び込んできた。

男性も女性も、若い人もご年配の人もいる。みんなで、木の壁を厚く、衝撃《しょうげき》に耐えられるように改修していっていた。それでも容赦《ようしゃ》なく、壁の向こう側から時折、ドンッという強い衝撃が当たるのがわかる。

走り回る魔物たちが次々に壁にぶつかっているんだ。

「今度はあっちだ！　あっちが弱いぞ！　木材を回せ！」

指揮をとりながらも、自《みづか》ら木づちで打つ手を休めないバッケンさん。

少し離れた壁の上には、立てかけたハシゴから次々と炎の魔法を繰り出しているナッシュ副団長の姿もあった。

私は青年に連れられて、とある壁の傍《そば》まで行く。そこにもハシゴが用意されていた。

これを上れっていうことね。

魔物たちの足音が常に振動となって襲ってくる。ガタガタと揺れるハシゴをつかんで、一歩一歩上っていくと、壁の向こうの世界が見えてきた。

いっきに視界が広がる。

次の瞬間、その光景に息を飲んだ。

茶色のじゅうたんのように大地を埋め尽くしていた魔物たちは数が減りつつあるように見えた。その間を、馬で駆って魔物たちを村から離れるように追い込み、攻撃を仕掛けていく騎士さんたち。

そのさらに向こうに、いまも悠然《ゆうぜん》と輝き続ける黄金の木が見える。初めに見たときより大きく感じるのは、距離が近いせいなのか、それともまだ成長を続けているのか……。

だけど目がひきつけられたのは、それじゃない。その木の前には、巨大な茶色のモノが二つ立ちはだかっていたんだ。はじめ、そんなところに山なんてあったかしらと不思議に思ったけれど、よく見るとそれらは動いている。なんと、その小山のようなものは、巨大なビッグ・ボーの形をしていた。

その牙《きば》は天にも届きそうなほど長く立派で、体格は何十倍あるのか見当もつかないほど小山のように大きい。

足元には普通サイズのビッグ・ボーが群れて大地を駆け回っていたけれど、その巨大なビッグ・ボーはバロメッツの木に群がってくるビッグ・ボーたちに襲いかかると、大口をあけて次々と飲み込んでしまった。そのとたん、ぐんとまた巨大ビッグ・ボーの身体が大きくなったようにも思える。

もしかすると、他のビッグ・ボーを吸収して大きくなっていっているのかもしれない。

あんなものが村を襲ってきたら、木の壁なんて容易に壊されてしまうだろう。

「……あれが、王……」

しかも二頭もいる。

そのうちの一頭がいま、どうっと大地を揺らして地面に膝をついた。その激しい振動にハシゴから振り落とされそうになって、慌《あわ》てて壁にしがみつく。

巨大ビッグ・ボーの周りには、馬で駆け回る騎士さんたちの姿も見える。時折、放たれる魔法の光も。今、巨大ビッグ・ボーの前脚が白く凍ったようになったのは、クロードの魔法かもしれない。

きっとフランツもあそこで戦っているはず。

どうか、頑張って。フランツ。騎士団のみんな……。

ぎゅっと胸を押さえて、心の中で強く祈る。

そのとき、「カエデ!」と声をかけられて、私はハッと声のする方を見た。

レインだ。馬に乗ったレインがこちらに近づいてくる。

「カエデ！　会えてよかった。君も確かポーションを持ってきていたよね。僕が持っていたのはもう尽きてしまったんだ。そっちにあるのをこっちに譲ってもらえないかな？」

「大丈夫です！　あります！　ちょっと待っててください！」

教会ではなるべくポーションを使わずに手当てしておいて良かった。

まだ戦わなければいけない人の怪我を治すのが最優先だもの。

私は急いでハシゴを下りると教会に取って返して、ポーション以外のものをリュックから出し、ポーションだけを詰めたリュックを持って一目散にハシゴへと戻ってきた。

壁の向こうに顔を出すと、まだそこにレインは待ってくれていた。

「はいっ、どうぞっ！」

投げ渡そうとしたちょうどそのとき、すぐ近くで炎の魔法がさく裂した。その火の粉と爆風でリュックが吹き飛びそうになったけれど、レインがうまく手を伸ばしてキャッチしてくれる。

「ありがとう」

そう彼は爽《さわ》やかな笑顔で返すと、魔物たちが縦横無尽《じゅうおうむじん》に走る戦場へと器用に馬を走らせて戻っていった。

みんな自分の役割を果たしている。私にもまだ何かできることはあるかな。まずは手当てした人たちの様子を見に行こう。うん。

そう思いながらハシゴを下りていると、目の前を小さな女の子が歩いていくのが目に入った。

「えぐっ、……おかあさん、どこ……ひっく、ひっく」

六、七歳の女の子だった。涙を手で拭《ふ》きながら村の人たちが集まる方へ歩いていく。あ、躓《つまず》いて転んじゃった！
すぐに彼女のもとへ走りよると、手で支えてそっと起こした。

その子は、土に汚れた顔をべちゃべちゃにして、まだ両親を呼びながら泣きじゃくる。

「大丈夫、大丈夫。ママたちは、これが終わったらすぐに来てくれるからね。大丈夫」

手足についた泥を払ってあげると、彼女を抱き寄せる。なんとか落ち着かせようと背中をトントンと撫《な》でた。

とそこへ、一人の女性が慌てた様子で飛んできた。

「ミーチャ！　あれほど、おうちにいなさいって言うてあったでしょ⁉」

「おかあさん！　もう、ひとりでいるのいや！」

ミーチャと呼ばれたその子は私の手を離れて、彼女に抱き着いた。彼女は優《やさ》しい笑顔でミーチャをぎゅっと抱きしめた後、キッと表情をこわばらせてミーチャを離す。

「ミーチャ。母さんたちは今はやらなきゃいけないことがあるだ。だからおとなしく家で待っててな。おうちの中が一番安全なんだで！」

彼女はミーチャに言い聞かせようとするけれど、ミーチャは髪を振り乱していやいやをする。

無理もない。魔物たちが走り回っている絶え間ない振動に、壁にぶつかる激しい音。緊迫したおとなたちの様子。きっと小さなミーチャも、この子なりに今直面している危機を理解して耐えてきたんだろう。でも一人で隠れているのも、怖くてたまらないに違いない。

そこで、ふと気になる疑問がわいてきた。

いま、村の人たちも総出で、この村に魔物たちを入れないように壁づくりに精を出しているよね。

じゃあ、その人たちの子どもたちは今どうしているの？

もしかして、このミーチャと同じように、怖い思いをしながら家の中でじっと留守番をしているの？

もし自分がこのくらいの子どもだったら、きっと怖くてたまらなくて、ベッドにもぐりこんで頭から毛布をかぶって泣いていたかもしれない。

もしかすると強烈な記憶として残って、この危機が去った後も今日のことを思い出して怖い夢を何度も見てしまうかもしれない。いつまでも忘れられず心の傷になってしまうこともありうる。

そんな恐怖に怯《おび》えている子たちが、ミーチャ以外にもいるのかも。

「あ、あの……」

私はミーチャと彼女のママに話しかけた。

まだ、ママにしがみつこうとしていたミーチャと、娘を説得しようとして必死のママ。二人が同時に私の方に目を向ける。

私はできるだけ優しく見えるように笑顔をつくった。

「私はいま、教会で怪我人の手当てをしています。その手当てもひと段落したので、ミーチャちゃんを教会でお預かりしましょうか。あそこなら、建物も頑丈ですから、おうちで一人でいるよりもずっと安全だと思います」

そうなんだ。村の人たちの家は大小の違いはあっても、どれも簡素な木造。それに比べて、教会は石を組み上げて隙間《すきま》をセメントのようなもので埋めてある石造り。

再び魔物が村の中に侵入したときを考えると、家にいるよりも教会にいる方が安全なのは間違いない。

「いいんですか……」

まだミーチャのママは戸惑《とまど》っているようだったけど、私は笑顔で頷き返す。そして、ママにしがみついていたミーチャへ手を差し出した。

「ミーチャちゃん。私と一緒に来ない？　教会には他にも人がいるから、寂《さび》しくないよ」

ミーチャは私とママを交互に見比べていた。しかし、ママはもう一度ギュッとミーチャを抱きしめるとその小さな額《ひたい》に優しくキスをした。

「ミーチャ。終わったらあとで、迎えにいくだでな」

「……うん。ミーチャ、お姉ちゃんと待ってる」

ミーチャは名残惜しそうにママから手を離すと、私の差し出した手を握り返してくれた。

ミーチャのママは、何度もお願いしますと私に頭を下げてくれる。

「いえ、そんな、頭を上げてください。……それよりも、ちょっとお願いがあるんですけど、よろしいですか？」

「はい……？」

私の言葉に、彼女は不思議そうに小首をかしげる。

私は彼女に、子どもだけで留守番しているおウチの子たちを教会で預かるから連れてきてほしいと頼んでみた。

そうしたら彼女は力強く頷いて、村のみんなに声をかけてみると約束してくれたんだ。きっと、他の人たちも家に残してきた子どもたちのことが心配だろうから、って。

それからしばらくして、ミーチャと二人で教会の前で待っていると、次々と村の人たちが子どもを連れてきた。

「ここでおとなしく待っているだぞ」

「うんっ」

そんな言葉を交わして、私の元に預けられていく子どもたち。

みんな不安そうに、現場に戻っていく親たちを見送っていた。

でもね。

誰も泣かないんだ。下はようやく歩き始めたくらいの子から、上は十歳くらいの子までいる。集められた子どもたちは三十人近くにのぼった。

でも誰も泣かないの。鼻をすすっている子はいるけれど、ぐずったりもしていない。

ただ硬い表情をしてみんな一様に黙っていた。小さなこぶしを、ぎゅっと握りこんでいる子もいた。ミーチャももう、涙を拭いてじっと俯《うつむ》いている。

みんな、こんな小さくてもわかっているんだろう。

いまのこの緊迫した空気。この村が生き残れるかどうかの瀬戸際《せとぎわ》。動けるおとなたちは誰もが手伝いに行ってしまっている。

だから、いまは甘えることもわがままを言うこともできないんだ、って。

その恐怖と不安を、小さな胸に抱えて頑張っている。

「さあ、みんなこっちへおいで」

私は努めて明るい声で、子どもたちを教会の中へと誘《いざな》った。

教会の礼拝堂には怪我をした人たちも多数連れてこられてるけれど、重傷者はみんなサブリナ様のヒーリングの力で症状は落ち着いたみたい。軽傷の人たちも、私が手当てしたあと、動ける人はまた壁を守りに出て行ってしまっていた。その様子を見てサブリナ様は「本当は全員治してあげたいけれど」と申し訳なさそうに言ってらしたっけ。

彼女の力があれば、軽い傷などすぐに治せてしまうだろう。

でも、外にいるレインがポーションを求めてきたということは、彼の魔力も残り少ないということ。今後レインの魔力が尽きてしまったり、彼の手に負えないような重傷者が出た場合、サブリナ様の力が必要になる。そのときのために少しでも魔力を残しておかなければいけないのも確かだから。

お預かりした子どもたちは、怪我した人たちが使っていない教会の奥のスペースに集まってもらった。そこに輪になってみんなで座る。

子どもたちは、私の指示におとなしく従ってくれていた。でも、その顔は一様にこわばり、無表情。大きな音がするたびに、跳《は》ねそうなくらい身体を大きくびくつかせる子もいる。

どうにかしてこの子たちの気を紛《まぎ》らわせられないかな。何か絵本のようなものでもあればいいんだけれど。教会の中を見回してみたけど、そんなものは見当たらなかった。

それなら昔話でもしてあげようか。この世界の童話は全然知らないから、自分が子どものときに聞いた童話になっちゃうけど。

まだ教会の外からは、大小さまざまな振動や音、魔物の嘶《いなな》きが聞こえてくる。それらがいやおうなしに、この村のすぐ外で危険な魔物たちが暴れている現実を思い起こさせる。

だから、うんと明るい話にしたかったんだ。いま、この瞬間だけでも気分が晴れるような。ここじゃない、どこか遠くの世界に思いを馳《は》せて現実を一瞬でも忘れられるような。

そこで、ふと思い出した。

「そうだ。ここじゃない世界。あるじゃない」

私はバッと立ち上がると、教会の隅まで急いで駆けていく。そこには、さっきレインにポーションを渡したときに出したリュックの中身がまとめて置いてあった。

その山の中を探すと、すぐに目当てのものが見つかる。

「あった！　これだ！」

手に取ったものは紙の束だった。私が持っている数少ない私物、使い慣れた食器や服の予備といったものは運搬隊の荷馬車に置いてきてしまっている。でもこれだけはどうしても手放せなかったから一緒に持ってきたの。

その紙の束を胸に抱くと、自然と口元に笑みが戻ってくる。

そうしていると、この非日常の中で、いつもの日常に戻れるような気がした。彼の、いつもの笑顔とともに。

「よしっ」

そう声に出して景気づけると、子どもたちのところへ戻っていく。心なしか、さっきよりも足取りが軽い気さえする。

不安そうな小さな目で私を待っていた子どもたち。その輪の中に戻ると、その紙の束を真ん中に置いた。

白い表面には、私が書いた表や数字が並んでいる。これは、騎士団の帳簿を書き写したものだからね。でもみんなに見せたいのは、こちら側じゃないんだよ。

子どもたちの目が、なんだろう？　とその紙の束に集まる。

その束を、ひっくり返したとたん。みんなが息を呑《の》んだのがわかった。

「わぁ……」

「きれい……！」

そこには、紙一面に巨大なムーアの木に作られた住居群の絵が描かれていた。

これはフランツが描いた絵。

彼はあちこちの景色や日常の一コマを絵に描いては、すぐに裏紙として使ってと言って私に渡してくれる。それをまとめてずっと持っていたんだ。

その絵は、少し夕暮れがかったムーアの森のキャンプ地を描いたものだった。そびえたつ何本ものムーアの住居跡の窓からは洗濯物を干す団員さんや、あのカゴの仕組みを使って荷物を上階へ引っ張り上げている人といった、西方騎士団の人々の生き生きとした生活の様子が描かれていた。中央には大焚《た》き火《び》が焼かれ、その傍で調理班の従騎士さんたちが料理にいそしんでいる。この日のメニューはシチューかな？　香りまで漂《ただよ》ってきそう。さらにその横では捕ってきた魔物を解体している人や、焚き火を囲んで談笑している人たちもいた。

写真もテレビもないこの世界では、他の地域の景色を見る手段は絵画くらいしかない。この子たちは、自分が住んでいるこの村のずっと向こうにはこんな景色があるだなんて、想像したことすらないのかもしれない。

フランツによって精巧に描き込まれた、ちょっと前まで私たちが暮らしていた日常の景色。それが子どもたちの目をひきつけ、一瞬で心を捉《とら》えていた。

「あ、おウマさんだ！」

ミーチャが声をあげて、一本のムーアの脇《わき》を指さす。

そこには、馬の群れが描かれていた。その中に一頭いる真っ白な馬は、きっとラーゴがモデルだろうな。

「キレイなお馬さん……」

女の子たちが感嘆の声を漏《も》らす。

「その子はね、ラーゴっていう名前なんだ。とっても速いお馬さんなんだよ」

今度は女の子たちだけでなく、男の子たちも目を輝かせて食いついてきた。

「ロイおじさんとこの、ジュジュより速い⁉」

「ジュジュ、めちゃめちゃ速いんだよ‼」

「びゅーんて、風みたいなんだ‼」

口々にそのお馬さんがいかに速いかを説明してくれる子どもたち。

「そんなに速いんだ。じゃあ、このラーゴっていうお馬さんもいまこの村に来てるから、戻ってきたらレースさせてみようか」

そう提案すると、

「「「やったぁ‼」」」

男の子たちはさらに大興奮だった。

女の子たちは、そんな男の子たちをヨソに、あれこれお喋《しゃべ》りしながらフランツの絵に見入っている。細かな描き込みに、

「このお花、かわいい。なんていうお花だろう」

「この人何してるんだろうね……歌ってるのかな」

「あ、この人、窓の上からどこかに話しかけてるよ。誰と話してるんだろう」

なんて会話しながら、次々と新しい発見をしていく。

もうみんなの心は、すっかりこのムーアの景色に取り込まれていた。

一瞬でこの場の空気を変えてしまったフランツの絵。

外から聞こえてくる不穏《ふおん》な音も、振動も、いつしか気にならなくなっている。

フランツが戻ってきたら、教えてあげたいな。

あなたは今、大変な戦闘の最中にいるのでしょう。

でも。でもね。

あなたが描いた絵がこうして、たくさんの子どもたちの心を慰めて、癒してくれてるんだよ。

あなたが描く絵は、それだけの魅力のあるものなんだよ。

彼の絵を無我夢中で見ている子どもたちを眺めていると、温かな気持ちに包み込まれるようで、つい目の端に涙が滲みそうになってしまって。私はそっと、指で目尻をぬぐった。

紙の束にはムーアを描いたもの以外にも、いろいろな絵がある。

そのほとんどが、この西方騎士団での遠征で私が見たものばかりだった。

アクラシオンの街の幻想的な魔石《ませき》の工房通り。

ヴィラスの街の近くにある硝子草《がらすそう》の丘。

高原の景色に鮮やかな青色が重なる青の台地。

それに、遠征の中で出会ったカーバンクルをはじめとする、様々な魔物や生き物たちの絵もあった。

それらの絵を一つ一つ、そのときの景色や様子を話しながら子どもたちに見せていった。

子どもたちは、私の話を聞きながら熱心に絵を見つめ、初めて見る風景や生き物たちの姿に心を奪われている。

いつの間にか時間を忘れて、私たちは絵に夢中になっていた。

どれくらいの時間が経《た》っていたんだろう。時間の感覚もあやふやになりだしたころのこと。小さな男の子がぽつりと呟《つぶや》いた。

「……かあちゃんたち、どこにいっちゃったの？」

その言葉に、それまできらきらと輝いていた他の子どもたちの目も急に陰《かげ》ってしまう。

もう私たちがこの教会に籠《こも》ってから、かなりの時間が経っていた。いつしか、地響きのように絶え間なく続いていた振動も感じなくなっている。

建物の外に耳を澄ませてみても、何も聞こえない。シンとするほどの静けさが逆に恐怖を煽《あお》ってくる。外の様子を見に行ってみたい気持ちもあるけれど、子どもたちを置いていくわけにもいかない。

私は、その子の手をぎゅっと握った。

みんなよく頑張ってるもんね。でも、もうそろそろ限界だよね。

「お父さんもお母さんも、村のお仕事をしに行ってるんだよ」

今度は別の女の子が聞いてくる。

「なんのおしごと？　おうちつくるの？」

その言葉になんて答えようと言葉を選んでいたら、すかさず一番年長と思しき男の子が先に答えた。

「村の外に、すげぇ魔物がいっぱいいるんだよ。だから、俺たちは隠れてなきゃダメなんだ」

強く言う彼の言葉に、小さい子たちもしゅんとなる。

再び立ち込めてしまった重い空気。私はその空気をなんとか振り払いたくて、努めて明るく声をかける。

「みんなのお父さんもお母さんも、大切なみんなを守りたくていま頑張ってるんだ。だから、私たちは終わるまでここで待っていよう？　きっと、あと少しで終わるよ。そうしたら、みんなを迎えに来てくれるから」

あと少しで終わる。その言葉に、子どもたちの空気が少し和《やわ》らいだ。

なんとかまだ彼らの気持ちを保たせられたみたい。ほっと胸をなでおろしたところで、隣に座っていたミーチャがついついと私の服を引っ張ってきた。

「おねえちゃん。おねえちゃんにも、おとうさんとおかあさんはいるの？」

「うーんと……。うん、いるよ。いまはもう、遠く離れてしまったけどね」

もう二度と会うことはできないのかもしれない。それを以前は寂しく思ったこともあったけれど、いまはもう、あちらで元気に生きていてくれたらいいなとそれを願うばかりになっていた。もしかすると私がこちらの世界に来てしまったことで、気苦労や心配をかけてしまっているのかもしれないから、それだけはもうひたすらに申し訳なく思っている。

「じゃあもう、おねえちゃんのことをたいせつにしてくれるひといないの？」

ミーチャは気遣うような視線で私の顔を見上げる。こんな非常事態なのに、他の人を気遣えるなんて、なんて気持ちの優しい子なんだろう。

ミーチャの気持ちがありがたくて、私は彼女の頭をそっと撫でた。

「ううん。いるよ」

大切な人、大切に想《おも》ってくれる人ならすぐにいくつもの顔が脳裏《のうり》に浮かぶ。いま、礼拝堂の隅で重傷者たちのお世話をしてらっしゃるサブリナ様だってその一人。いまでは、もう一人の母親のようにすら想っているもの。

でも、真っ先に思い浮かんだのは、やっぱりフランツだった。

その彼はいま、最前線の一番危険なところで戦っているはず。前衛として剣を手に、魔物に立ち向かい続けているんだろう。怪我をしてなければいい。ううん。怪我するのは仕方なくても、生きていてほしい。ずっと堪《こら》えていた不安や心配がグッと胸の中に溢《あふ》れそうになった。けれど、子どもたちの前でそんな姿なんか見せられない。

「その人もいま、戦ってるの。この村のみんなを守るために今も必死で戦ってる。……だから」

下を向いていたら涙が零《こぼ》れ落ちそうだったから、少し上向き加減に前を向いた。

そうしたら、自然と笑みが零れた。

「私は魔物と戦ったりはできないけど。いまは元気に生き延びて、そして、帰ってきた彼に『おかえり』って言ってあげたいんだ」

子どもたちはきょとんと私を見ていたけれど、ミーチャが「わたしも。おかあさんとおとうさんに『おかえり』っていうんだ」と応えてくれたのを皮切りに、他の子たちも僕も私もと口々に言い出した。

そんな様子を微笑ましく眺めながらも、つっと思考はフランツへと戻る。

私には剣を手に取って一緒に戦う力もなければ、サブリナ様たちのように傷を癒す力もない。だから、こういうときは彼の無事を祈ってただ待つしかできないけれど。

彼の描いた絵に指で触れる。少しだけ、彼に触れているような気持ちになった。

あなたが私を大切にしてくれるように、私もあなたを大切に想いたい。

あなたが私を守ってくれているように、私もあなたを守りたい。

あなたが自分らしくいられるように。ずっと笑顔でいられるように。

傍でずっとあなたを支えていけたらいいのに。

そんなことを考えていた、そのとき。

教会の大きな両開き扉《とびら》が開かれて、外の日の光が筋となって薄暗い室内に差し込んできた。

その光を背に、誰かの影が浮かび上がる。

逆光になっていて顔はわからなかった。

だけど、

「カエデ？　ここにいるの？」

その声に私は弾かれたように立ち上がった。

ずっと待っていた、聞きたかった声だった。

その声を聞いただけで、そこに誰がいるのかすぐにわかった。駆け出して飛びつきたかったけれど、でも、まだ子どもたちをご両親に引き渡していない。不安な子どもたちを置いていくこともできず躊躇《ためら》っていたら、トンと小さな手が私の腰の辺りを押した。

「え？」

振り返ると、ミーチャの小さな手が私の腰に当てられていた。彼女は、にっこりと満面の笑顔で笑う。ちょっと歯の抜けた前歯がチャーミングだった。

「おかえりって、いうんでしょ？」

他の子たちも、うんうんとみんなしきりに頷いていた。

「……みんな、ありがとう」

みんなにお礼を言うと、私は扉の方に歩いていく。すぐに足が小走りになって、彼の前まで駆け寄ると、一つ大きく息を吸って呼吸を整えてから、

「お……」

って言おうとしたのに、それよりも早く彼に抱きしめられた。

「カエデー！　無事だった⁉　怪我とかしてないか⁉」

血と汗の混じった匂《にお》い。それでも、間違いない。彼だった。

私は彼の背中に手を回すと、強く抱きしめる。

「おかえり、フランツ」

疲れ交じりの、でも満面の笑顔で彼も応えてくれる。

「ああ。ただいま、カエデ」

そこに扉が大きく開かれ、私たちの両側からどっとおとなたちが教会の中へとなだれ込んできた。

彼らは教会の奥に子どもたちを見つけると、声にならない声をあげながらわが子の方へと駆け寄り、子どもたちを抱きしめ、ほおずりをし、抱き上げた。

子どもたちの両親が戻ってきたんだ。

どの子の顔も安堵《あんど》と笑顔であふれていた。

「ミーチャ！」

「おかあさん！　おとうさん！」

ミーチャも駆け寄ってきたママとパパに抱き着くと、ぎゅっと抱きしめていつまでも離れなかった。

よかった。みんな、ママとパパにおかえりって言えたんだね。よく頑張ったものね。

その光景をフランツと二人で目にして、もう一度彼と微笑みあう。

フランツも、村の人たちも、みんな無事で本当に良かった。互いの無事を確認できたことで、いままで抱えていた不安や恐怖だけでなく、疲労さえもすべて消えてしまうような心地。

「魔物たちはもう大丈夫なの？」

「ああ。あらかた片づけたよ。バロメッツの木ももう枯れ始めてるから、これ以上魔物が集まってくることもないだろ」

良かった。『プランタ・タルタリカ・バロメッツ』の危機は完全に去ったんだね。

そこへ、怪我人の看病をされていたサブリナ様もいらっしゃる。

「レインはどこかしら。手に負えないほどの怪我人が出ていなければいいのだけど」

「はい。レインが馬で立ち回りながら治癒してくれたので、現状、それほど重傷な者は出ていないと思います。たしかあっちの方に怪我人を集めてたので、今ご案内しますよ」

フランツがサブリナ様を案内するのに、私もついていった。

村をぐるっと囲む壁の一角に穴があけられていて、今はそこから騎士さんや村人たちが出入りしていた。そっか。街を襲ってくる魔物がいなくなってしまえばもう、壁は必要ないものね。

その壁の内側の一角に怪我人が集められていて、レインがヒーラーの力で癒している最中だった。

「お疲れ様。みなさんの怪我の具合はどう？」

サブリナ様に声をかけられて、レインは施術《せじゅつ》を続けながら小さく肩をすくめる。

「今回は、魔力回復のポーションが何本もありましたし、カエデからも治療用ポーションを補給できたので、僕一人でもなんとかなりました」

「そう、よかったわ。ありがとう。でも、あとは私に任せて。私の方は魔力にもまだ余裕があるから、軽い怪我の方も含めてみんな治しちゃいましょう。ああ、その前に」

サブリナ様はレインの頬《ほお》に手を当てると、そこにあった五センチほどの切り傷をあっという間に治してしまった。

「自分の怪我も後回しにせず、ちゃんと治さなきゃだめよ？」

そう少女のように微笑むサブリナ様に、レインは申し訳なさそうに苦笑する。

「はい、マダム」

そんな二人のやりとりを見ていて、私はハッと隣のフランツに目を向けた。

「そうだ。フランツは？　怪我とかしてない？　大丈夫？」

ペタペタと彼の身体に触れる。本人が至って元気そうだから怪我をしてるようには見えないけれど、シャツのあちこちに赤黒い血のシミがあるんだもん。心配になるよね。

シャツをめくって確認しようとしたら、

「げ！　や、やめてっ……大丈夫だからっ！」

顔を赤くしたフランツに抵抗されてしまった。

「そう？　これだけ血がついてると、怪我が紛れててもわからないじゃない？」

「痛みでわかるって！　いくつか切り傷はあったけど、もうレインに治してもらったから大丈夫だよ。……そうだ」

私がめくったシャツを直しながら、フランツは何か思いついたという顔をした。

「今ならまだ間に合うかも。カエデ。今からちょっと行ってみたいところあるんだけど、一緒に来る？」

突然そんなことを言われて、私は目をぱちくりさせる。

「え？　どこに？」

不思議そうにしている私に、フランツは、

「行ってみてからのお楽しみ」

と言うなり、指笛を吹いた。馬たちは集まって村の片隅に用意された水桶《みずおけ》から水を飲んだり飼《か》い葉《ば》を食べたりして休んでいたけれど、その群れの中からラーゴがこちらに駆けてくる。

フランツはすぐにラーゴに乗ると、私に手を差し出した。

「さあ、乗って」

フランツにラーゴへと乗せられて、村を囲む壁の外へと出る。

外の景色は、少し前に壁越しに見たときよりもさらに変わっていた。

あちこちに魔法が着弾したためと思われるクレーターができている。でも、思いのほか、魔物の死骸《しがい》は少なかった。

「もっと、たくさん魔物いなかったっけ……？」

「ああ。ここらへんの地面を埋めつくすぐらいいたけど、ほとんどアイツに吸収されちゃったんだ」

フランツが指さす先には、前に見たときよりもさらに巨大になった山のようなビッグ・ボーが二頭倒れていた。

ラーゴがそちらに近づいていくので少し怖くてフランツの背中にくっつく。けれど、巨大ビッグ・ボーはピクリとも動く様子はなかった。完全に息の根を止めているみたい。

そのまま二頭の巨大ビッグ・ボーが倒れている谷間を抜けて、着いたところは『プランタ・タルタリカ・バロメッツ』の黄金色した木の傍だった。

フランツに手を支えてもらいながらラーゴから降りる。

「……うわぁぁぁぁぁ」

バロメッツの木を見上げると、思わずそんな感嘆の声が漏《も》れてしまう。

その木は、高さ十メートルほど。幹の根元は太く、大きくねじれるようにしながら先端に行くにしたがって細くなっており、枝は四方に大きく張り出している。

そして何より特徴的なのは、幹も枝も含めてすべてが黄金色に輝いていること。ただ金色をしているというだけじゃなく、自ら発光しているようにも見えた。しかも、風で枝が揺れるたびにパラパラと金粉のようなものが舞い落ちてくる。

バロメッツの木には葉っぱはついていないけれど、枝に一つだけ実がなっていた。実も黄金色の光を放っていて、私が両腕を輪にしたくらいの大きさがある。

「あれがバロメッツの実だよ。一つだけ残ったんだ」

フランツが実を指さしながら教えてくれる。

「一つだけ？」

「ああ。他にも実はあったんだろうけど、魔物に食われたんだよ。食った魔物は、ほら。あんなふうになる」

フランツは後ろに倒れている二頭の巨大ビッグ・ボーを指さした。

「……お、大きいね……」

「バロメッツの実を食った魔物は王になれると言われるくらいだからね。キングビッグ・ボーってとこかな。こんなのが自由に走り回ってたら、近隣住民はたまんないよな。この二頭がバロメッツの木に寄ってくる他の魔物たちをどんどん食っちまったから、他の魔物は木に近づけなくて一個だけ実が残ったみたいなんだ」

「この大きなビッグ・ボーの王様も、……もしかして、フランツが倒したの？」

なんとなくそんな気がして尋ねてみると、フランツは「ああ、そうだよ」とこともなげに言ってのける。

「みんなで協力して足止めしたり、弱らせたりいろいろしながらだけど。最終的にはクロードに脚を凍らしてもらって動きが鈍《にぶ》ったあと、俺がとどめを刺したんだ。あっちの一頭は団長が仕留めてた」

当の団長はどこにいるのかと視線を巡らせると、倒したキングビッグ・ボーの上にいるのがあっさりと見つかった。そこで何かやっているようだったので、

「何やってるんですかー」

団長に声をかけてみると、彼もこちらに気がついて手を振り返してくれる。

「こいつを少し解体してみようと思ってな！　今日の晩飯にしよう！　ステーキがいっぱい食えるぞ！」

なんと！　あのキングビッグ・ボーを食べる気満々のようだった。

「……美味《おい》しいのかな」

「さぁ。元はビッグ・ボーだから、それなりに旨《うま》いんじゃないかな。魔力も帯びてるから魔力回復にもいいんだってさ」

と、フランツ。

そっか。バロメッツの木の魔力を受け継いだ個体だから、普通のビッグ・ボーのお肉よりも魔力的な栄養価が高いのかもね。

これだけあれば当分食糧には困らなさそうよね、なんて考えていたら誰かに背中越しに声をかけられた。

「フランツ様！　カエデ様！」

声のする方に振り返ると、一頭の馬にテオとアキちゃんが同乗してこちらにやってくるところだった。彼らはラーゴの傍に馬を止めると、私たちのところまで走り寄ってくる。

「お、来たな。テオとアキ。まだ始まってないから、間に合ったな」

「間に合う？」

フランツが何のことを言っているのかわからなくて聞き返すと、

「まぁ、見てなって。ほら、そろそろ始まりそうだぞ」

彼はウィンクをして笑うと、バロメッツの実を指さした。

彼の言うとおり、バロメッツの黄金色した実が急に輝きを増しはじめる。

いったい、何が始まるんだろう⁉

『プランタ・タルタリカ・バロメッツ』に実った、黄金の実。

それがひと際強く輝きだしたかと思った、次の瞬間。

その実が急にモコモコとしだした。まるで内側から黄金色の綿《わた》が次から次へと湧いてくるみたい。

その不思議な光景に見入っていると、突然その実はプチっと枝から外れて地面に落ちてくる。

「きゃっ」

びっくりして隣にいたフランツの腕にしがみついちゃった。彼がこちらを見てちらっと笑うからすぐに手を離したけど。

実は落ちた後も変化を続けていた。そして大きな綿の塊のようになると、今度は下の部分にポスポスッと蹄《ひづめ》のついた脚が現れる。

最後に、ボスッと現れたのは金色の毛並みをした羊の顔だった。黒くつぶらな瞳《ひとみ》をパチクリさせると、四本の脚で立ち上がって大きく伸びをし、メェエエエエエエと一声鳴く。実はすっかり、黄金色をした仔羊《こひつじ》に変わってしまった。

「これが文献《ぶんけん》にあるバロメッツの黄金羊か」

いつの間にか傍に来ていたクロードが顎に手を当てながら興味深そうに呟く。

「たぶん、魔物に実を食べられなきゃ、もっといっぱい生《な》るんだろうけどなぁ」

と、フランツ。

前に彼が『プランタ・タルタリカ・バロメッツ』には黄金の羊が生るって話してくれたときにはどういうものかさっぱり想像できなかったけど、こういうことなのかぁ。

自然災害とまでいわれる事象を引き起こす厄介《やっかい》な魔法植物にもかかわらず、その実であるバロメッツの仔羊さんは、のんきにもそもそと地面の草を食べ始めた。

「この羊さん自体は、危険はないの……？」

「おそらくな。八年前の『プランタ・タルタリカ・バロメッツ』の出現時には、すべての実を魔物に食べられてしまったんで、黄金の羊は出現しなかったんだ。その前の数十年前に木が生えたときは、羊は王城に献上《けんじょう》されたと文献にはあったな。それに、もし獰猛《どうもう》で危険な存在だったら、アイツは今ごろ食われてるだろう」

クロードがそう平然と言う視線の先では、早速フランツが仔羊に近寄って、背中を撫でていた。

「きゃっ、フランツ！　大丈夫なの⁉」

「へ？　カエデ、こいつおとなしいよ。警戒してる気配も感じないし」

当の羊さんは、フランツに触られても意に介した様子もなく、もしゃもしゃと草を食《は》んでいる。

フランツが触っているから安心したようで、遠まきに見ていたテオとアキちゃんも黄金の仔羊のところへ行くと、優しくその背を撫で始めた。

「わぁ！　すごく滑《なめ》らかな毛並みですね」

「仔羊さん。可愛《かわい》いなぁ」

三人がなでなでしてると、私も触ってみたくてたまらなくなってくる。

フランツの背に隠れるようにして黄金の仔羊に近寄ると、手を伸ばしてそっと背中に触れてみた。

ふああああああああ、とっても柔らかくて滑らか！

まるで艶《つや》やかな綿菓子を触っているかのような触り心地。しかも、毛が密になっているからかなり弾力があるの。いつまでも触っていたくなる。

「すごくやわらかい。……きっと成長して羊毛が取れるようになったら、とってもゴージャスな服ができるんだろうね」

きっとものすごく高く売れそう。とか、つい現金なことが脳裏に浮かんでしまう。

「貴族の奥様方が我先にと欲しがりそうだよな。とりあえず、ここに置いたままにしておくわけにもいかないから、村に連れて帰るか。暴れるなよ。よいしょっと」

フランツは黄金の仔羊を抱き上げると、立ち上がった。仔羊はそれでもなお、もしゃもしゃ変わらず草を咀嚼《そしゃく》している。よっぽどお腹《なか》すいてるみたい。

私もラーゴの手綱《たづな》を引いて、彼についていった。クロードたちも一緒に村へと向かう。

来るときはラーゴに乗っていたから気づかなかったけど、地面ががたがたしていて歩きにくい。

ビッグ・ボーや魔物たちの群れがこの辺りを縦横無尽に走り回ったせいで、土が抉《えぐ》れて凸凹《でこぼこ》になってしまったみたい。

転ばないように足元を見ながらフランツの後について歩いていると、村の人たちも壁の外に出てきている姿がぽつりぽつりと目に入ってきた。

みんな一様に地面を眺めて、肩を落としているように見える。どうしたんだろう。

通りすがりに彼らの様子を眺めていると、誰かが悔《くや》しそうに呟くのが耳に入った。

「やっぱ、畑はダメだったか……」

え？　畑⁉　そう思って足元を見てみると、すぐ傍に稲穂《いなほ》のようなものが落ちていた。泥にまみれて、踏みつぶされた稲穂……いや、小麦の穂、かな。よくよく辺りを見回すと、あちこちに蹴散らされ踏みつぶされた野菜らしき残骸《ざんがい》や麦の実が落ちている。

そうか。ここは畑だったんだ……。ううん。きっと、本来は村の周りに小麦畑や野菜の畑が広がっていたのだろう。

私たちが到着したときにはもうこの辺りは魔物たちでいっぱいで踏み荒らされていたから、元の姿は想像でしかないけど。

私は落ちた麦穂を一本拾った。

青い麦穂。これから秋になれば、きっと黄金色に輝いて村の人たちの冬の蓄えになったはずの作物たち。この様子では、ほとんどすべてがダメになってしまったことだろう。

そのまま視線を今歩いてきた方に巡らせる。後にはキングビッグ・ボー二頭の死体が山のように横たわっていた。

歩みを止めた私に気づいて、フランツも黄金の仔羊を抱いたまま足を止める。

「どうしたんだ？」

「ねぇ。ずっと気になってたんだけど、その仔羊はこのあとどうするの？」

尋ねると、フランツは小首をかしげる。

「うーん。ここの領主か王城に渡すことになるんじゃないかな。この土地のものはここを治める領主のものだし」

そっか。そうなるんだ。じゃあ、この仔羊さんをここで育てるわけにはいかないのね。この子が大きくなれば、取れた羊毛を売ったお金で村の人たちの生活を立て直す資金にすることができるかなと思ったけど、それはダメみたい。

それなら、それ以外の方法で生活を立て直すしかない。

私はもう一度、キングビッグ・ボーの方に視線をやる。

「フランツ。……これ、利用できないかな」

「へ？」

キョトンとするフランツに、私はキングビッグ・ボーを指さして見せた。

「村の人たちの生活の助けになるかなって……でも、輸送が問題なのよね」

いま私が思いついたことを彼らに話して聞かせると、フランツは黄金の仔羊を抱いたまま首をかしげた。

「クロードならどうにかなりそうじゃないか」

クロードも、眼鏡を直しながら応じる。

「ああ。いつもやってることと変わらんしな」

そう言われて、ようやく調理班での食材の保存方法を思い出した。

「そっか！　そうすれば、かなり保《も》つもんね！　でも、クロード大丈夫？　これ解体すると相当な量になるんじゃない？」

度《たび》重なる戦闘が終わったばかりの彼をこき使ってしまうのは忍びなく思っていると、彼は腕を組んで後方のキングビッグ・ボーを眺めながらこともなげに言った。

「まあ、メインで氷魔法を使うのは私だけだが、威力は落ちるもののサブで使う者も他にいるしな。それにこれを全部捌《さば》くとなったら騎士団全員の手が必要になるだろう？」

言われてみれば確かにそうだった。

やるとなると、騎士団全員、できれば村の人たちにも手を貸してもらいたい。疲れ切っているみんなに頼むのは申し訳ないけれど、気温の高いいま、鮮度は時間との勝負だ。

「いいんじゃないか？　そういうことなら、みんな協力すると思うよ」

と、フランツ。

テオとアキちゃんも、

「僕もお手伝いします！」

「私も！」

と、快《こころよ》く申し出てくれた。

「ありがとう。でも、どうか無理はしないでね。とりあえず、ゲルハルト団長にも話を持ちかけてみようと思うの」

上手《うま》くいくといいな。上手くいけば、村の人たちの生活の足しにかなりなるはずだから。

よし、頑張るぞ。と、私は胸の前で拳《こぶし》を握った。


村へ戻ると、フランツが抱いてきた黄金の仔羊は馬の世話当番に預けることにした。仔羊は周りの馬たちを恐れることもなく、ぴょんぴょんとおぼつかない脚どりで辺りを楽しそうに跳ね回っていたけれど、飼い葉の山を見つけるとポスっと頭を突っ込んで食べ始めた。そんな仔羊に、馬たちの方が少し警戒気味だった。

そのあと教会の様子を見てみようとそちらへ足を向けると、教会の前で村の人たちが額《ひたい》を突き合わせて村長さんを中心に何やら話し込んでいる。

通りがかりに耳に飛び込んできたのは、収穫前だった畑や作物が壊滅《かいめつ》してしまったことへの落胆《らくたん》の言葉だった。思わず足を止めて、彼らの話し合いに耳を傾ける。

「明日からどうすりゃいいんだ」

「あっちの畑もだめだっただよ。どこもかしこも踏み荒らされて。これじゃ、どうやって冬を越せばいいだか……」

「ここに村を移して八年。ようやく今年はまともに収穫できそうだったのにな」

と、みな一様に肩を落としている。

前の『プランタ・タルタリカ・バロメッツ』の被害で壊滅してしまった村を離れ、この地に新たな村を築いて八年。貧しいながらも、みんなで支えあって村を立て直してきたのだという。その再建には、ナッシュ副団長が横領《おうりょう》した騎士団のお金も使われていたのは想像に難《かた》くない。

そうして肥沃《ひよく》とはいえない土地ながらも協力して開墾《かいこん》し、少しずつ収穫も増え、ようやく今年は充分な実りが期待できるところまでこぎつけた。

その矢先の、二度目の『プランタ・タルタリカ・バロメッツ』による壊滅的な被害。

心が折れてしまうのは、無理もないことなんだろう。

村長さんが私とフランツの存在に気づいて、視線をこちらに向けた。

「騎士団の皆さん。本当に、どうもありがとうございました。本来なら、お礼に宴《うたげ》でもしてさしあげたいのですが、あいにく我が村は村民の食料にすら事欠く始末で……」

村長さんは、申し訳なさそうに肩を落とす。

「い、いいえ。畑まで守ることができなくて申し訳ない」

そうフランツが答えると、村長さんはゆるゆると首を横に振った。

「一人の死者も出さずに済んで、感謝の念に堪えません。前の襲撃のときよりはるかに多くのものが手元に残っただ。すべてあなた方のおかげです」

その言葉とともに、もう一度村長さんは頭を深く下げる。他の村の人たちも、すぐに村長にならって頭を下げてくれた。

でも、これからの村の生活の目処《めど》が立っていないのも、また確か。彼らの顔は一様に暗かった。

そんな彼らを見ていると、少しでも力になれたらと思う気持ちが強くなる。

そのあと、キングビッグ・ボーの肉の一部を担《かつ》いで村に帰ってきたゲルハルト団長に、さっき私が思いついたことを相談してみた。もしやるとしたら騎士団の人たちみんなの協力が必要だから、当然団長の許可が必要になるもの。

意を決して相談したのに、私の話を聞いた団長は愉快そうに笑いだす。

「なるほどなー。そういうことなら、騎士団の連中をどんどん使えばいい。まずは村の建物を直すのを真っ先にさせようかと思ってたが、そっちの方が最優先だな。よし、いますぐ騎士団の連中を集めよう」

団長が乗り気になってくれれば、話は早い。

すぐに騎士団全員が村の広場に集められた。団員さんたちだけでなく、村人たちも村長さんの呼びかけでたくさん集まっている。

「みんなー。カエデから話があるから、聞いてくれ」

団長にそう話を振られ、彼に続いてみんなの前に立った私に視線が集まる。注目されると緊張するけど、それを悟《さと》られないように深呼吸を一つしてから私は話し出した。

「みなさんがご存じのとおり、『プランタ・タルタリカ・バロメッツ』の脅威《きょうい》は去りました。ですが、バロメッツの木が呼び寄せた魔物により、新たな危機に瀕《ひん》しています。この村の畑が魔物たちによって荒らされ、収穫を控えていた麦や作物がダメになってしまいました」

村人たちの顔に悔しそうな表情が滲む。

それでも、私はさらに話を続けた。

「でも、お金があれば当座をしのぐことができます。来年の春までしのげられれば、それまでに畑を耕《たがや》しなおして再び作物を植えることもできるでしょう。そこで、皆さんに協力してほしいんです」

私は、後ろにある村の壁を指さした。魔物たちから村を守るために村人と騎士団の人たちが協力して支えた壁。でも、私が指したいのはその壁の向こうにあるものだった。

「ビッグ・ボーからはとても良質の肉が取れます。だから、あの山のように巨大なキングビッグ・ボーの肉を解体して売ればいいと思うんです。幸《さいわ》い、私たち騎士団は日常的に魔物の肉を食べているので、魔物を解体するのには慣れています」

私の言葉に、ざわざわとどよめきが起こる。

「解体したって、この陽気だ。すぐに腐っちまうよ」

村人の中からそんな声があがり、すぐに「そうだ」と同意する声が続いた。

「そうですね。今は夏ですから、肉の傷《いた》みは早い。でも、それは通常の状態だからです」

そのとき、集まった人々の後方から、シュバッという音とともに白いものが一筋打ちあがり、みんなの頭上でバシュッとはじけ飛んだ。まるで白い花火のようなそれは、砕け散ってキラキラと人々の身体に降り注ぐ。

「なんだこれ」

「冷たっ」

キラキラと降り注ぐものは、小さな氷の粒。それはクロードが放った氷の魔法だった。

「私は氷魔法の使い手です。肉を凍らせれば、この暑さでも日陰であれば一ヶ月は肉を新鮮なまま保たせられます」

クロードの言葉に、人々の間から驚きと歓声があがる。

私も前々からクロードの魔法を間近で見てみたいなぁとは思っていたけど、こんな場面で見ることになるとは思わなかった。

「すごい……クロード、素敵……！」

上に両手を伸ばすと、氷の粒が手にあたってヒヤッと気持ちいい。夏のこの時期にダイヤモンドダストを見ているようで、まるで夢の中にいるみたい。

氷魔法での演出は私がクロードに頼んだものだったけれど、目の前で打ちあがる魔法を見て、私も村の子どもたちと同じように心躍《おど》らせてその演出に見入ってしまった。

「別に、これくらい造作《ぞうさ》もない」

そんなことを言いながらクロードがもう一度氷の魔法を打ち上げると、今度は頭上に一瞬白い竜《りゅう》が浮かび上がる。白い竜はみんなの頭上を飛んだあと、再びキラキラとした氷の粒になった。

すごい、こんなこともできるんだ！

村の人たちも、子どもだけでなくおとなたちも両手を上にあげて降ってくる氷の粒に触れようと大はしゃぎ。夏場の暑さの中に、降り注ぐ氷の微細《びさい》な粒がひんやりと心地いい。

すると、クロードの隣にいたフランツが彼を肘《ひじ》でつつく。

「お前、調子乗りすぎだって」

クロードはどことなくツンとして、

「みんな喜んでんだからいいだろ。お前はこういう派手《はで》なのはできないもんな」

「……どーせ、できねぇよ」

と、ムスッとするフランツ。いやいや、なんでそこケンカしてんのよ。

ともあれ、私が思いついた計画はこうだった。

バロメッツの木の前に横たわる二頭の山のようなキングビッグ・ボー。

ビッグ・ボーの肉がとても柔らかくてジューシーで美味しいことは、前にも食べたことがあるからわかってる。だから、これをどうにか活《い》かせないかなと思ったの。

そこで、魔物の肉の解体に慣れた騎士団の人たちと村の人たちとでできるだけ早くキングビッグ・ボーを解体してもらって、それをクロードたち氷魔法が使える人に凍結してもらったあと、街で売ってもらおうと考えたんだ。

ビッグ・ボーの肉は家畜の肉よりも柔らかくて美味しいのに市場で流通していないのは、一般人では捕獲が難しいことと、輸送中の保存が難しいことがあるんだと思う。

でも凍らして腐敗せずに流通させることができれば、バロメッツの木の魔力を含んでいるという付加価値もついて高値で売れると思ったんだ。

ちなみに魔力で変異した個体を食べても大丈夫なのかどうかについては、ゲルハルト団長が「前の『プランタ・タルタリカ・バロメッツ』のときの王も食ったことあるけど、別にそのあと体調悪くなったりとかはなかったぞ。しばらくはどんだけ魔力を使ってもすぐに回復するんでおもしろかったな」と自分の身体で試した体験談を教えてくれたので、それを信じることにする。

もちろん、肉だけじゃなく、皮や牙も売ることができるものね。あれだけ大きくて立派な魔物なんだもの。それらを合わせれば、きっと相当な金額になるはず。

村の人たちは私の説明をじっと聞いていた。その瞳に心なしか光が戻ってきたような気がした。

「どうでしょう。みんなで協力して、やってみませんか？」

私の問いかけに、村の人たちは「それならいけるんじゃないか？」「やろう！」「希望が見えてきた！」と口々に同意してくれた。

騎士団の人たちも、どこかホッとした様子。彼らも村の行く末を心配していたんだろう。

「よし！　じゃあ、みんな刃物持って、村の外に集合な！　解体だけでも日が暮れる前にやっちまおうぜ！」

フランツがこぶしを掲げて声をかけると、村人も団員さんたちもみんな声を合わせて「おー！」と元気に声を上げる。

村に、明るい元気が戻ってきた瞬間だった。

それからすぐ、西方騎士団の団員さんたちと村の人たち総出で、村の外に横たわるキングビッグ・ボーの解体作業に入った。

魔物の解体に慣れている騎士さんたちが次々に解体をしていって、さらに村の人たちが肉をブロックに切り分け、水魔法を使える騎士さんが血抜きをし、クロードをはじめとする氷魔法を使える人たちが肉をすぐに瞬間冷凍していくという流れ作業。

他にも村の人たちに皮や牙も洗って干してもらった。

結局、夜まで作業は続いてしまったけれど、なんとかその日のうちにすべてを処理し終えることができた。凍らせた肉はひとまず教会の礼拝堂に置かせてもらうことにする。

そして、ゲルハルト団長が最初に解体してきたあの肉は、晩ご飯に使うことになったんだ。民家で鍋《なべ》とカマドを借りて村の奥さんたちと一緒にシチューをたくさん作って、騎士団も村人も関係なく全員で食べたの。塩とハーブで肉を煮込んだだけの簡単なシチューだったけど、ビッグ・ボーの肉汁がシチューにしみ込んでいてとっても味わい深かった。

それにキングビッグ・ボーの肉は強い魔力を帯びているので、それを食べることで騎士さんたちも魔力を回復できたみたい。疲労の色が濃かったレインもすっかり顔色が良くなっていたものね。

私も食べ終わったあと、なんだか身体の疲れがすっきり取れているような気がした。

そして無事だった家を貸してもらってひと眠りしたあと、翌朝からはバッケンさんたち修理班主導で、壁にするために壊した家を再び建て直す作業が開始された。

だけど、私は他にやらなきゃいけないことがあったから、ここからは騎士団とは別行動することになる。

そう。みんなで解体したキングビッグ・ボーの肉を売る算段をつけなきゃいけないの。付加価値の高い肉をたくさん解体して保管してあっても、販路《はんろ》がなければ宝の持ち腐れだものね。

だから、ここから一番近い街へ馬で出かけることにした。もちろん、私ひとりじゃ馬を操《あやつ》れないから、今回はアキちゃんに乗せてもらうことになった。それに、案内役の村長さんも馬でついてきてくれるので頼もしい。

まだ売るアテはないけれど、どうか良い値で売れてほしい。売れなきゃ、せっかくみんなで解体した苦労が水の泡になっちゃう。それが報《むく》われるかどうかは、私の肩にかかっていた。

だけど、まったくアテがないわけじゃないんだ。村の人には、街で売るためにはギルドを通さないといけない決まりがあることは教えてもらっていた。それなら、以前、ヴィラスの街で関わったことのある行商人ギルドにまずは話をしてみようと思っていた。

同じ交渉をするなら、少しでも面識のある組織の方がいいでしょう？　それに、前にヴィラスの街で接した感じでは、行商人ギルドは他の商業ギルドと比べて、考え方がいろいろと柔軟な気がしていた。利益のためなら、襲撃があったばかりのミュレ村にも来てくれるんじゃないかと考えたんだ。

街へ向かう前にアキちゃんと一緒に馬に飼《か》い葉《ば》や水をあげていると、クロードがこちらにやってくるのが見えた。彼は手に持っていた布包みを渡してくれる。

「ほら。切り出しておいたぞ。これくらいの量で足りるか？」

彼からその布包みを受け取る。ずっしりと重くて、布越しにヒンヤリと冷たさが伝わってきた。

「これだけあれば、とりあえず大丈夫。ありがとう」

それを肩掛けカバンにしまいながら笑顔で礼を言うと、彼もフッと表情を緩《ゆる》めた。

「上手《うま》く行くことを祈ってるよ」

「うん。ありがとう」

上手く売り先が見つかるのかどうか。高く買ってもらえるのかどうか。不安は尽きないけれど、とにかく頑張って買い手を探すしかない。つい肩に力が入ってしまう。すると、クロードが「そうだ」と何かを思い出したように呟いた。そして、馬の間をきょろきょろと何か探し始める。

「？　どうしたの？　クロード」

彼が何を探しているのかわからなくてそう尋ねると、

「ああ、なんだ。こんなところにいたのか」

彼は、馬たちの横に置かれた飼い葉の山の中で、埋もれるようにしてもしゃもしゃと飼い葉を食べ続けていた黄金の仔羊を抱き上げた。

「この子が、どうしたの？」

抱き上げられた仔羊はゴクンと草を飲み込んだあと、黒い瞳をぱちくりさせて私を見上げてくる。

仕草がなんともあどけなくて可愛らしい。

「文献によると、バロメッツの黄金羊は周りの人々に幸運をもたらしたと言われている。げん担《かつ》ぎに過ぎんかもしれんが、何か良い方向に風を変えてくれればいいと思ってな」

「そっか。幸運をもたらす黄金の仔羊さん。どうか、私にも幸運をくださいな」

そう言って仔羊の額《ひたい》に自分の額をつけると、仔羊は「メェエエエエエ」と一声鳴いた。それがまるで、『まかせといて！』と言っているような気がして、いつしか肩に入っていたよけいな力は抜けていた。


街へは馬で数時間の距離。

村を離れると、しばらくは魔物に踏み荒らされた跡が続いていたけれど、少し離れるとそれも見られなくなった。

街に着くと馬を置いて、さっそく行商人ギルドへ向かう。

でもその途中に、村長さんは街の知り合いに出くわして盛大に驚かれていた。

「お前んとこの村、ひどい目にあったって聞いただぞ⁉　大丈夫だったか⁉」

バシバシ背中をたたかれて、ひょろっとした村長さんは困ったように苦笑いを浮かべる。

「あ、ああ。西方騎士団の人たちが駆けつけてくれたで、なんとかみな無事だ」

「騎士団⁉　今、ここに来てるのか⁉」

「ああ。魔物たちはみんなやっつけてくれただよ」

と、村長さん。

その知り合いの人は、目をまん丸くしたあと、顔をくしゃっと歪《ゆが》めた。

「そっか……よかったなぁ。よかったなぁ……」

と鼻を啜《すす》りながら、さらにバシバシと村長さんの背中を叩いた。

「それで、他の街や村はどうだっただ？」

村長さんに尋ねられて、彼はまだぐずぐずと鼻を手で擦っていたけれど、

「他んとこにはそれほど魔物が行かなかったから、なんとか凌《しの》げたらしい。いま情報を集めてると こだったが、……お前んとこだけはな。近くまで人をやって見に行かせたが、魔物が数えきれない ほど集まってて近づくことすらできなかったって。見に行った奴は怯えて帰ってきたよ。だから、 俺ゃてっきり。……そっか。よかった、ほんとうによかった……」

目を真っ赤にして答えるその人。あとで村長さんに聞いたところによると、彼はこの街の重役の 一人なのだそうだ。

他の街や村には『プランタ・タルタリカ・バロメッツ』の被害があまり出なかったと聞いて、私 も内心ほっとした。

その人と別れると、私たちは街のメイン通りの奥にある二階建ての建物の前までやってくる。扉 の上には、車輪のマークの看板がつけられていた。いや、よく見るとこれ、車輪そのものだね。ど うやら、これが行商人ギルドの印みたい。

村長さんが両開き扉を手で押し開けて中に入ってくので、私とアキちゃんもついていく。

室内は、外の通り以上に賑《にぎ》やかだった。

教室くらいの大きさの部屋にいくつか置かれたテーブル席では、布や香辛料《こうしんりょう》のようなものを

テーブルに広げて商談の真っ最中。立ち話をしている人たちもそこかしこにいる。

部屋の奥にカウンターのようなものがあり、村長さんは迷わずそちらに近づいていく。室内の様子を眺めていたら遅れそうになってしまって、慌てて小走りについていこうとしたそのとき。突然、後ろから声をかけられた。

「お？　アンタは……」

聞き覚えのある声に振り向くと、部屋の隅にあるテーブルに足を上げて行儀《ぎょうぎ》悪く座っていた一人の男性がのっそりと起き上がった。

茶色い癖《くせ》のある髪に、猫背の長身の男性。前見たときは藪《やぶ》にらみがちだったその茶色い瞳は、今は驚いたように大きく見開かれている。

「あ……!!　ヴィラスで会った!!　えっと……ダン……？」

名前を全部思い出せないでいたら、彼は苦笑ぎみに笑った。

「ダンヴィーノだよ。ヴィラスでは世話になったな」

その人は、自由都市ヴィラスの行商人ギルド長。ダンヴィーノ・キーンだった。

「なんで、こんなとこにいるんですか⁉」

つい素《す》っ頓狂《とんきょう》な声をあげてダンヴィーノさんに尋ねると、彼はハハと笑った。

「それはこっちのセリフだ。西方騎士団がこの辺りまでは来てるってのは知ってたが、まさかここでアンタと出くわすとは思わなかった。俺は、王都に戻る途中だったんだが、『プランタ・タルタリカ・バロメッツ』がこの先の村に出たってのを聞いて、様子を見てみたくなってな。それで、うちのギルドに何か用なのか？」

ここで彼に出会えたことは渡りに船かもしれない。

行商人ギルドなら多少面識があったので、キングビッグ・ボーの肉を買い取ってもらえるかもしれないと思ってここまで来たのだけど、直接の知り合いである彼がいてくれれば話が早い。もしかして、黄金の仔羊の幸運がこんなところで現れたのかも？

私は、先にカウンターの方へ行ってしまった村長さんを彼に紹介すると、彼の村のすぐ近くにバロメッツの木が生えたことや、その実を食べたキングビッグ・ボーを騎士団が討伐して解体したことなどを話して聞かせる。

ダンヴィーノさんは顎《あご》に手を置いたまま、私の話に真剣に耳を傾けてくれていた。そして、話し終わったあと今度は彼から矢継《やつ》ぎ早《ばや》に質問が飛んでくる。

「その肉は、どれくらい保つんだ？」

「魔法をかけた本人の話では、強めにかけたので途中でかけなおしがなくても夏場で一ヶ月は保つそうです。ふだん騎士団でもやっている保存方法なので、肉の質が落ちたり傷んだりしないことは私も身をもって経験しています」

「量は？」

「村の教会にめいっぱい入るくらいあります。たくさんあるので行商人ギルドを通して手広く売ってもらえたらと思って、こちらに相談に来ました」

彼の質問に、現時点でわかっていることをできるだけ正確に伝える。

「それで、これが一番大事なことなんだが。そのキングビッグ・ボーの肉ってのは本当に旨いのか？」

「ええ。味は保証します。小さいですがサンプルを持ってきました。お台所をお借りできたら、今調理してみせますよ」

「おし、わかった。おい、ここのギルド長を呼んでくれ！　台所を貸してほしいんだ！」

ダンヴィーノさんがカウンターに声をかけると、その向こうから身体が大きく不愛想な男がのっそりと現れ、私たちに向かってクイッと顎をしゃくった。この人がここのギルド長みたい。こっちに来いと言っているようだ。

アキちゃんと目を見合わせてうなずきあうと、ダンヴィーノさんも一緒にギルドの裏手へと案内される。

カウンターを抜けると、その後ろには事務室。さらにその奥は中庭になっていて、庭を通った向かい側に小さな台所があった。

「好きに使え」

ギルド長のお言葉に甘えて、まな板と包丁《ほうちょう》、それにフライパンと油と塩をお借りすることにした。塩は岩塩を金ヤスリで削って使うタイプだ。

アキちゃんと何を作ろうか相談したけど、結局、素材の味を知ってもらうにはシンプルな味付けのステーキにするのがいいだろうという結論になった。

さっそく、調理開始！

肩掛けカバンから、村を出る前にクロードから渡された布包みを取り出す。それは、キングビッグ・ボーの冷凍肉だった。肉は布で何重にも包んであったのに、その表面には霜《しも》がついている。クロードに凍らせてもらったばかりだから、カチンコチン。

布から肉を出してまな板に置くと、アキちゃんが上手にステーキサイズに切り分けてくれた。それを私がカマドにフライパンをのせて焼く。

ダンヴィーノさんとギルド長は興味津々《しんしん》といった様子で後ろから私たちの調理を眺めていた。

そうこうしているうちに、美味しそうな匂《にお》いが台所に漂い始める。岩塩で味を調えたら、もうできあがり。お皿の上でさらに小さく切り分けると、彼らの前に差し出した。

「はい、どうぞ。味見してみてください」

アキちゃんが配るフォークを手にとって、彼らは肉をひと塊《かたまり》ずつ刺す。

「匂いは、いいな。案外ケモノ臭さも少ない」

そんなことを言いながら、二人はパクっと肉を口に入れた。

そしてしばらく黙ってもぐもぐ噛《か》んでいたけれど、ギルド長が一言。

「うまい!!」

叫んだ。ダンヴィーノさんも、

「ああ。驚いた。味もいいし、なにより柔らかい。ビッグ・ボーなんて、突然荷馬車に激突してくるおっかないだけの魔物だと思ってたら、こんなに旨かったんだな」

そんなことを言いながらフォークに二切れ三切れと次々に刺して食べようとするので、ギルド長が彼の前からさっと皿を取り上げた。しかも取り上げただけでなく、どこかへ持っていこうとする。

え？　どこへ持っていくの？　と驚いて後をついていくと、彼はギルドの方へ駆けこんでいった。

そして、テーブルの一つにドンと皿を置くと、ギルドの中にいる行商人たちに声をかける。

「みんな。これを食ってみてくれ」

そのテーブルに、わらわらと人が寄ってくる。そして、ある人はいぶかしげに、ある人は興味津々といった様子で肉をつまむと、口に入れた。

一瞬の沈黙。

味には自信があったけれど、みんなの反応が怖くてどきどきしながら眺めていたら、堰《せき》を切ったようにわぁっとみんなが口々に感想を言い始めた。

「なんだこれ！」

「こんな旨いの、久しぶりに食べたよ」

「なんか、力が漲《みなぎ》ってくるようなんだが」

「これアンタんとこで扱ってんのか？　いくらだ？」

どの意見も、好意的なものばかり！　感触は上々のようだ。

ギルド長に詳細を問いただそうとする行商人さんたちを、ダンヴィーノさんが前に出て手で制した。

「お前ら落ち着け。いいか、これは『プランタ・タルタリカ・バロメッツ』の魔力を吸ったビッグ・ボーの肉だ」

その名前を聞いて、少なからず驚きの声が行商人さんたちからあがる。しかし、構わずダンヴィーノさんは続けた。

「本来なら巷《ちまた》に流通するようなもんじゃねぇが、昨日、西方騎士団がこの魔物を討伐してくれた。そして魔法で凍結保存したものを、ここにいる西方騎士団のカエデ嬢がこの行商人ギルドに優先的に卸《おろ》してくれるそうだ。品質は俺が保証する。取引したいやつは、いますぐ荷馬車を出せ。俺についてこい。いいな！」

それを聞いて、こうしちゃいられないと行商人さんたちは一斉にギルドから出て行った。

村長さんは街の外れに集まった荷馬車の数を見て驚いていた。ダンヴィーノさんの荷馬車も入れて、全部で十五台。これだけあれば、効率よく肉を運べそう。

「良かったですね。村長さん。これなら全部売れちゃいそうですよ」

そう声をかけると、居並ぶ荷馬車を呆気《あっけ》にとられた顔で見ていた村長さんも、「あ、ああ」と我に返ったように返事をした。しかしその顔が一瞬、ふっと曇る。

「ただ……税金でどれくらい持ってかれんだかなぁ」

村長さんは重くため息交じりに呟いた。

そうだ。税金なんてものがあることを、すっかり忘れてた。そういえば、私もＯＬしてたころは給料明細もらうたびに、がっつり引かれている住民税や社会保険料の大きさにがっかりしたっけ。

「……税金の支払い、大変なんですか……？」

ここの世界の人たちがどれだけの税金を払っているのか全然知らなかったから、率直にそんなことを尋ねてみる。

「ああ。人頭《じんとう》税に、地代に、収穫税……。いつも税金除くと、ギリギリ冬を越せるくらいの作物しか手元には残らなんだ」

うわぁ……それは、きつい。どう声をかけていいのかわからないでいたら、村長さんは、

「まぁ、みんな払ってるだでな」

そう弱く笑うと自分の馬を取りに行ってしまった。

帰りはダンヴィーノさんが荷馬車に乗せてくれるというので、私は彼の御者席《ぎょしゃせき》の隣に座らせてもらう。でも、街を出発してからも頭にずっと村長さんとの会話がひっかかっていた。

それで、御者席で手綱を握るダンヴィーノさんにも聞いてみたんだ。

「税金って、結構重いんですか？」

ダンヴィーノさんは、なんでいきなりそんなことを話し出したんだ？　って顔をしてたけど、丁《てい》寧《ねい》に答えてくれた。

「軽くはないが、そんな重いと思ったこともねぇがな」

彼が言うには、都市部と農村では税金の種類は多少違うようだけど、税率や税目は王国で統一されているらしい。

「農村はな。領主から土地を借りて耕作するから、地代だなんだってかかって大変だろうけど、ここ最近は天候に恵まれてたから全国的に豊作続きだ。そんな税金が苦になるってほどでもないと思うがな」

んん？　村長さんが語ってた内容と、ダンヴィーノさんの言葉にはだいぶ温度差があるように思えた。なんとなく引っかかるものを感じながらも荷馬車に揺られていると、日が暮れる前にはミュレ村へとたどり着く。

村へ着いてみると、騎士団の運搬隊の荷馬車もミュレ村へ到着していて、せっせと荷下ろしがされている最中だった。これでいつものようにキャンプを張れるね。簡易ベッドもあるし、床に寝なくて済むからちょっと嬉《うれ》しい。

ダンヴィーノさんたち行商人さんらをゲルハルト団長や村の人たちに紹介し終えると、私と村長さんはさっそく彼らを、キングビッグ・ボーの肉が保管されている教会へと案内した。

教会の扉を開けると、ひんやりとした冷気が床を這《は》ってくる。

「うへぇ、こりゃすげぇな。想像以上の量だ」

ダンヴィーノさんは積みあがった肉のブロックを見て、感嘆の声をあげた。

麻《あさ》の大袋に入ったカチコチのお肉の山が私の背丈よりもはるか高くまで積みあがっている。この麻袋は本来は収穫した穀物を保管するときのために用意してあったものなのだそう。もう今年の収穫はないからといって村の人たちが出してきてくれたんだ。

「んじゃ、さっそく計測するとするか」

ダンヴィーノさんは一緒に来ていた他の行商人さんたちにパッパと指示を出す。もしかして一袋ずつ秤《はかり》で量るのかな？　量が量だから全部量るのは大変そうだなと思っていたら、意外にも彼らは大きな巻き尺のようなものを荷馬車から持ってきた。

それを使って彼らはまず横幅を測り始める。

そっか。重さじゃなくて、体積で測るんだ！

行商人さんたち数人が巻き尺を持って測っていくのを、ダンヴィーノさんが羊皮紙《ようひし》に記していく。そして測り終わると、彼は丸められた布のようなものを取り出して床に広げた。それは一枚のタオルくらいの大きさで、あらかじめマス目が描かれている。そこに、布の中に入っていた小袋から碁石《ごいし》のようなものを取り出すと、そのマス目の上に置いていった。そして、小さな木板に書かれた数字をちらちら見ながら、その碁石を置く場所を動かしていく。

これ、ナッシュ副団長も帳簿をつけるときに使っているのを見たことがある。

どうやらこれが、この世界で標準的なソロバンみたいなんだ。

あの手元で見ている小さな木板に書かれた数字は、どうやら九九らしい。はたから見てると、計算をしているというよりも一人で碁みたいなゲームをしているようにも見えた。

そうやってそのソロバンのようなもので碁石を動かして何か数値が判明するたびに、ダンヴィーノさんは手元の紙に数字を書き込んでいく。

そうして計算が終わると、最終的な数字を書き込んだ紙をダンヴィーノさんはこちらに見えるように掲げた。

「こんなもんだが、どうだ」

「……ええええ⁉」

その額を見て、村長が目を見開いたまま固まった。その紙を奪い取るようにして掴み取ると、指で押さえながらもう一度桁数《けたすう》を数えていく。

何度数えても数字は変わらない。ようやくその金額を理解した村長さんは信じられないといった顔でダンヴィーノさんを見た。

「本当に、こんな額で買い取ってくれるだか？」

「ああ、もちろんだ。これだけ旨くて、しかも魔力まで付加された肉だ。俺も人生のうちで二度と扱うこともないだろうってくらいめったに手に入らない貴重なもんだしな」

その金額は、この村の住人全員が春まで暮らしてもまだ充分残るほどの金額だった。

村長さんは、その紙をぎゅっと抱きしめると強く唇をかみしめる。その様子は、溢《あふ》れ出ようとする感情を押しとどめようとしているようだった。

きっといままでの苦労や不安、村の将来を背負う重圧などいろいろなものが去来《きょらい》したんだろう。

そして彼は私とダンヴィーノさんに深く頭をさげた。

「これで村は冬を越せるだ。ありがたい。そして、カエデさん。本当にありがとうございますだ。ここまでしてもらって、本当に……」

そのとき、村長さんの言葉の最後を別の声が打ち消した。

「おやおやおや。これが、その魔物の王の肉とやらか。素晴らしい！」

声のした方を見ると、身なりのいい男性が数人のお供を連れて教会に入ってきたところだった。年のころは、私とあまり変わらなく見える。

村長さんは顔を上げると、ボソッと私たちだけにわかる声で教えてくれる。

「この地域を管轄《かんかつ》してる徴税請負人《ちょうぜいうけおいにん》のルーファスだ」

ルーファスというその男は、村長さんの前まで大股《おおまた》でやってくると、

「いやー。『プランタ・タルタリカ・バロメッツ』が出たと聞いてここら辺りの収穫は絶望的かとあきらめていたが、これはなかなか。よかったじゃないか、コットー」

耳につくダミ声でルーファスは笑うと、

「さあほら、とっとと計測しないか」

と、お供の人たちに声をかける。するとお供の人たちは、先ほどダンヴィーノさんが使っていたのと同じような巻き尺で積みあがった肉を計測しはじめた。

それにしても、こんなにも早く税金の徴税請負人がこの村に来るなんて意外。

もしかするとこの人たち、行商人ギルドのあるあの街に滞在していたのかもしれない。それで、ギルドの行商人さんたちの動きを知って追いかけてきたのかも。

むむむ。なかなかお金の匂いに敏感な抜け目のないタイプのようで、これはちょっと気が抜けないぞと緊張した気持ちで彼らの仕事ぶりを眺めていた。

ダンヴィーノさんは買取代金を用意するためにいったん街のギルドへ戻ると言って立ち去った。

村長さんも村の人に呼ばれて行ってしまったので、私は一人で徴税請負人ルーファスとそのお供の人たちが作業しているのに立ち会っていた。

ルーファスのやり方も、ダンヴィーノさんとほぼ同じ。

積みあがった肉を計測してその体積を出し、そこからこの村が払うべき税金額を算出していた。

……のだけど、仕事が遅い！　細かく言うと、計算が遅い！

計算にはダンヴィーノさんが使っていたものと同じようなマス目の書かれた布に碁石のようなものを置いてやっているのだけど、ダンヴィーノさんの手際《てぎわ》の良さがまったくないの！

こうやって見ていると、ダンヴィーノさんがヴィラスという大きな商業都市で行商人ギルドの長なんて要職についているのがよく理解できた。彼と会うのはまだ二回目だけど、彼は決断力や人を動かす力だけじゃなく計算面でも優秀なんだ。

ルーファスはお供の人とあーだこーだ言い合いながらようやく税金の計算を終えたようで、それを羊皮紙に書き記していた。

そこへ村の仕事をひと段落つけた村長さんが戻ってきたので、彼らは村長さんにその羊皮紙を突き付ける。

「ほれ。これが今年のミュレ村の税金だ。もう今年は他の収穫は望めんだろうから、これがすべてだな」

その羊皮紙を受け取った村長さんは、震えた声で唸る。

「こ、こんなに……」

その様子にただならないものを感じて、私も横から羊皮紙を覗《のぞ》き込んだ。そして、その額に驚いて一瞬声が出なくなりそうになる。

「……え。こんなに⁉」

ざっくり言って、今回肉を売った収入の三割が税金で取られてしまう計算になっていた。これでは、この冬を越すのには足らないだろう。

前に村長さんが税金が重くて苦しいと言っていたのを思い出す。でも、ダンヴィーノさんはそれほど税金が重いと思ったことはないとも言っていた。

なんだろう、この食い違い。職業や住んでいる場所の違いはあるだろうけど、ダンヴィーノさんは行商人として王国内をあちこち行き来してるみたいだから各地の実情にも詳しいはず。

だとすると、本当にこの金額で合っているのかな？　そんな疑問がわいてくる。

そう考えると次の瞬間にはもう、それを声に出していた。

「この金額の内訳を教えていただけませんか。できたら、税率とその額を導き出した計算の内容も教えてください」

突然私がそんなことを言い出したものだから、ルーファスはそれまで薄ら笑いを浮かべていた表情をこわばらせて私を睨《にら》む。

「なぜお前ごときに教えねばならんのだ！」

私は、前にサブリナ様に教えていただいた、片足を下げてスカートをつまむレディの挨拶《あいさつ》をしたあと、背筋を伸ばしてまっすぐにルーファスの目を見た。

「私は、西方騎士団金庫番補佐のカエデと申します。失礼ですが、このキングビッグ・ボーの肉は私たち西方騎士団が討伐し解体したものです。ミュレ村に無償譲渡するつもりではありましたが、まだ現時点では西方騎士団の所有物となっております。でしたら、それにかかる税額を精査するのもまた、西方騎士団金庫番補佐である私の役目です」

よくもまぁ、つらつらと言葉が出てくるものだなと自分で内心感心しながらも、私はルーファスを睨みつけるようにしながら告げた。

実際には村の人たちにも解体を手伝ってもらったし、そもそもこの肉を騎士団のものにするつもりはなかったけれど、肉を解体しようと言い出したのは私なんだからこれくらいの言い分は許されるよね。

ルーファスも西方騎士団の名を出されると、抗《あらが》えなかったのだろう。

威圧的だった態度が、あからさまに変わった。

「ぐっ……わ、わかりました。お伝えいたしますよ」

そして彼は、この税額を出した内訳を教えてくれた。

税の内訳は、収穫物からくる収穫税と、村人一人ひとりにかかる人頭税、それに領主からこの地域を耕作するため土地を借り受けた地代の三種類だった。

人頭税、地代はともかくとして。

気になったのは、この収穫税だ。

本来、収穫物の十分の一を徴収するもののはずなのに、示された税額はダンヴィーノさんが提示した買取金額の二割を超える金額になっていた。これは明らかにおかしい。

さらに細かく内訳を聞いてみると、まず肉の体積を計算したときの計測結果がダンヴィーノさんが計測したものと明らかに違っている。

縦、横、高さの数値がそれぞれルーファスが計測した方が大きかったんだ。それに、そこに掛け合わせる単価も違う。これでは肉の売買代金が大幅に違ってしまうから、税額も違ってくるのは当たり前だ。

ルーファスは、ダンヴィーノさんが立ち去るときに彼から買取単価を聞いていたのは私も見た。だから正確な買取単価を知っているはずなのに、ルーファスが計算した単価は元の単価よりも少し高くなっていた。

それらを計算していくと、ルーファスが計算したキングビック・ボーによる収入額はダンヴィーノさんが提示した額の約二倍になっていたんだ。

なんだこれ。怒りがふつふつと湧いてくる。

はじめに村長さんに見せられた羊皮紙には金額しか書かれていなかったからわからなかったけど、内訳を見てみると明らかに嵩増《かさま》ししてるじゃない！

これも私が西方騎士団の名を告げたから、逃げられないと思って細かく教えてくれたんだろうけど、それがなければのらりくらりかわされ誤魔化《ごまか》されていたかもしれない。

村長さんを含め村の人たちは計算も税金についても疎《うと》いとわかっていて、無理やり高い金額をむしり取ろうとしているのは明らかだった。

「ちょっと待っててくださいね。今、計算し直します」

私は教会の隅においてあった荷物から筆記用具と紙を取り出すと、彼らの目の前ですぐに計算してみせた。

あんな布や碁石のような計算器具がなくても、筆算してしまえばあっという間に答えは出てくる。

私はすぐに数値を導き出すと、ルーファスたちにその紙を突き付けた。

「これが、行商人ギルドの計測値と、アナタがおっしゃった税率で計算したミュレ村の税額です。ご確認ください」

「ま、待ってくれ。アナタは我々の計測が間違っていたとおっしゃりたいのか⁉」

言葉は丁寧になっていたけど、激高《げっこう》したように顔を真っ赤にしてルーファスは言う。

「じゃあ逆にお聞きしますけれど、アナタは行商人ギルドの計測した数値が信じられないとおっしゃるんですか？　あのダンヴィーノさんが、自由都市ヴィラスの行商人ギルド長であることはお調べいただければすぐにわかると思います。その人が、買取商品について計測した数値が間違っているとでも？」

そう言って詰め寄ると、ルーファスはさっきまで露わにしていた怒りを引っ込め、今度はしどろもどろに視線をそらした。

「い、いや、そういうわけでは……。わ、わかった。もう一回、その数値で計算してみよう。そんなちゃっちゃと落書きしただけで正しい計算などできるはずが……」

すぐにルーファスはお供の人たちに指示を出して計算し直しさせる。やっぱりあの布と碁石を使ってもたもたと計算していたけれど、しばらく待っていると計算結果が出たようだった。

「信じられん……そちらと同じ金額だ。線そろばんも使わずにどうやって計算したのかさっぱりわからんが……た、たしかに、そちらの提示した税額で間違いないようだ。わかった。それでこちらも了承《りょうしょう》しましょう」

そう言って、ルーファスはさきほど村長さんに渡した羊皮紙に書かれていた金額に大きくバツをして、その下に私が示した金額を書いた。

了承もなにも、それが正しい税額で、アンタがさっき計算したものが大幅に間違っていたんでしょうが！　って言いたかったけれど、これ以上の言葉はケンカを売ることになってしまうので何とか飲み込み、にっこりと笑みに変える。

「ありがとうございます。さぁ、村長さん。この金額でいいそうですよ」

「ほ、ほんとうに……これで……？」

村長さんはまだ信じられないようで、私とルーファスを交互に見ていたけれど、私が大きく頷くとようやく安心したように表情を緩ませた。

私が出した税額は、ルーファスが最初に提示したものの半分以下。つまり、収入の八割五分は村に残る金額になっていた。

村長はぎゅっとその紙を胸に抱く。

「ありがとう。本当に、ありがとう。何と礼を言っていいか……」

そう何度も何度も村長は泣きそうな顔でお礼を言ってくれた。これで、ミーチャやみんなが安心して冬を越して春を迎えられるなら、私も何より嬉しいもの！

ダンヴィーノさんが買取代金を持ってミュレ村に戻ってくるのには一週間ほどかかるということだったので、徴税請負人のルーファスもそのころにまた来ると言い残して去って行った。

税金額が決まったので、キングビッグ・ボーの肉はさっそく運び出すことになる。

行商人さんと手の空いた団員さんや村人たち総出で荷馬車に積み込むと、教会にあった肉の山はどんどん減っていって、見る間に空《から》になってしまった。

あのバロメッツの木は黄金羊が生まれたあと急速に枯れていき、数時間もすると粉々になって崩れ落ちてしまったらしい。

そしてあの黄金の仔羊はというと、相変わらずよく餌《えさ》を食べていた。

「こいつ、本当によく食うよなぁ」

フランツが呆《あき》れた様子で、両手いっぱいに持ってきた飼い葉を仔羊の前に置く。

「メェエエエエエエエエエ」

仔羊は嬉しそうにぴょこぴょこ跳ねながら鳴くと、飼い葉に頭を突っ込むようにして食べ始める。近くに繋《つな》がれている馬たちもその食いっぷりに見とれるくらい、黄金の仔羊はその小さな体からは想像できないほどたくさんの飼い葉を食べる。

「生まれたばかりだから、お腹すいてるのかな」

傍にしゃがんで黄金色した毛並みを撫でると、濃密な毛が手をやさしく包み込んでくれる。いつまでも撫でていたくなるほどふかふかふわふわ。この触り心地、癖になりそう。

仔羊の方は私が撫でてもまったく気にした様子もなく、ずっと嬉しそうに飼い葉を食べていた。

小さなしっぽが、ずっとフリフリ動いている。

「この子、いずれどこかに渡しちゃうんだろうけど、それまで何か名前つけてあげたいよね」

ずっと黄金の仔羊って呼ぶのも、なんだか言いにくいしね。

フランツは近くに繋がれているラーゴを撫でながら、「名前ねぇ」と首を傾《かし》げた。

「うん。なんか可愛い名前がいいな」

「じゃあさ。金色で丸っこいから、金た……」

「待って。ちょっと待って」

フランツが言おうとしていることを察して、慌てて止めた。うん。こっちの言語ではソレが男性のあそこを意味する隠語《いんご》ではないことは知っているけど。でも、その名前は、私がやめてほしいの。そんなの恥ずかしくて呼べるわけがないじゃない！

「お願い、他の名前にしよう？　ね？　そうだな……『モモ』とかどうかな」

「モモ？」

「うん。私の元いた世界では『桃』のことをそう呼ぶんだ。桃って白っぽいのから黄色っぽいのまでいろんな色があるけど、私、この仔羊の毛並みみたいな黄金色したやつが一番好きだったから」

というわけで、黄金の仔羊の名前は『モモ』に決定した。

私たちがモモの傍でそんなやりとりをしていると、少し離れたところで子どもたちが集まって団《だん》子《ご》のようになっていた。子どもたちはこちらを見ながら、ひそひそと何かを話しているみたい。

気になって、

「どうしたの？」

声をかけると、子どもたちの輪の中から一人の女の子が私の傍までやってきた。見覚えのあるその顔は、ミーチャだ。

ミーチャは、私の傍で飼い葉を食んでいるモモの様子をうかがうようにしながら、もじもじと言う。

「あのね。そのキレイなこひつじさんね。……こわくないの？」

「大丈夫よ。おとなしい仔羊さんだもの。それに幸運をもたらしてくれる羊さんなんだって」

「……さわっても、だいじょうぶ？」

そっか。モモに触ってみたかったんだ。モモは黄金色のもこもこした毛並みをした仔羊。まるでぬいぐるみみたいに可愛いものね。

「うん。私たちが傍についてるから触ってごらん？」

「う、うんっ」

ミーチャは左手で私の服の袖をぎゅっとつかんだまま、怖々《こわごわ》とモモに右手を伸ばす。

でもミーチャの手が触れても、モモは気にした様子もなく相変わらずマイペースに飼い葉を食べている。ミーチャは「さわれた！」とでもいうように目をキラキラと輝かせて私を見るので、うんと一つ大きく頷いて見せると、ミーチャも嬉しそうに頷き返した。

そして、はじめは怖々と指先だけだったミーチャの小さな手は、何度か撫でて大丈夫だとわかったのだろう、次第に手の平全体を使ってモモを優しく撫でるようになる。

そのミーチャの様子に安心したのか、他の子どもたちも駆け寄ってくるとモモを撫で始めた。

「うわーっ、やっわらけー！」

「かわいいねぇ」

「ふわふわだー！」

いくつもの小さな手が、代わる代わる優しくモモの毛を撫でる。

そのとき、モモが急に「メェエエエエエエ」と一声鳴いたので、子どもたちも私とフランツも驚いてびくっとしてしまった。でも、モモは再び何事もなかったようにもっしゃもっしゃと餌を食べ始めたので、誰からともなく笑い声があがる。

その場には確かに、穏《おだ》やかであたたかな空気が漂っていた。

その輪の中には、あの教会で一緒に避難していた顔がいくつもある。あのときはみんな緊張して強張《こわば》った表情をしていたから、こんなふうに心から楽しそうに笑っている姿を見ると何とも嬉しい。

フランツに目を向けると、彼も子どもたちとモモの微笑ましい光景に優しく目を細めていた。

怖いこともたくさんあったけれど、この子たちの笑顔を守れて良かった。そう心から思った。

＊　＊　＊　＊　＊

運搬隊がミュレ村に着いてテントや簡易ベッドも揃《そろ》ったので、騎士団は村の外にキャンプを張ることになった。この村の復興がひと段落するまで、もう少しここに留まるみたい。

バッケンさんの指示のもと、外壁はほとんど取り外されて家は建て直され、村はどんどん元どおりになっていく。

それが終わると、今度は村の人たちとともに魔物たちに踏み荒らされてしまった畑の整備もしていった。

そうして一週間もすると、村はまるで『プランタ・タルタリカ・バロメッツ』による被害なんてなかったかのように元の姿を取り戻した。

私は救護班のテントの整理をしたり調理班を手伝ったりしていたけど、ずっと気にかかっていることが一つあったの。

それは、あの徴税請負人ルーファスは今回だけたまたま税金の計算を誤魔化したのかな、ということ。

私が追及したときのどこか焦《あせ》った様子からすると、故意に税金を高く見積もろうとしていたように見えた。その高い金額を堂々と村長さんに要求していたとすると、もしかしていままでも同じことをやってきたんじゃないかとも思える。

村長さんがこの村の税金が重くて厳しいと言っていた言葉がそれを裏付けているようにも感じた。

「やっぱり、調べてみよう」

思い立ったが吉日《きちじつ》。いますぐ調べてみよう！　と立ち上がったら、思わずテーブルを蹴り倒しそうになってしまった。テーブルの上のティーカップがガチャガチャと音を立てて、琥珀《こはく》色の紅茶がこぼれそうになった。

いけないいけない。サブリナ様と一仕事終わったあとのお茶をしている最中だったのに、また自分の考えに耽《ふけ》ってしまっていた。

「す、すみません」

再び椅子に腰を下ろしてしゅんとなると、サブリナ様はフフフと穏やかに笑う。

「いいのよ。何か気になることがあったんでしょう？」

サブリナ様は怪我人を全員すっかり治してしまったので、いまはレインと一緒に村の近隣を散策して、どこにどんな薬草が生えているのかを調べていらっしゃる。そうやって調べたものを使用方法とともに紙に記してこの村に残していくのだそうだ。そうすれば騎士団が去ったあとも、村の人たちだけでしっかりと手当てをすることができるからと。

その意欲的な姿には本当に頭が下がる。本当はそれをお手伝いしたい気持ちもあるんだけど。

「はい。ちょっとミュレ村の過去の納税状況が気になっています。だから、過去の記録を見せてもらおうと思ったんです」

カップを手に取ると、こくりと一口飲む。少し冷め始めているけれど、レインの淹《い》れてくれた紅茶はやっぱり美味しい。

「それなら、それを優先すべきだわ」

「でも、午後はサブリナさんたちをお手伝いするって言ってたのに」

その約束をしていたのに、あっさり自分の興味で突っ走りそうになったのを恥じてそう言うと、サブリナ様は「あら」と声を高くした。

「カエデ。そちらはアナタにしかできないことでしょう？　それなら、そちらを優先しなくては。私の方は大丈夫よ。レインもいてくれますからね」

そう気遣ってくださるサブリナ様の言葉がうれしい。

「ありがとうございます」

お茶を済ませたあと、私は早速、村長さんに納税記録を見せてほしいと頼みにいった。この前の徴税請負人とのやりとりで気になることがあると付け加えると、すぐに記録を書いた羊皮紙の束を持ってきてくれた。抱えきれないほどの量があったから、八年分でこんなにあるの⁉　と驚いたけれど、よくよく話を聞くとこれらの記録は大事なものなので普段は村で唯一《ゆいいつ》の石造りである教会の床下倉庫に置いてあるのだという。それで、前回の『プランタ・タルタリカ・バロメッツ』の被害でも無事だったんだそうだ。だから、何十年分あるのかわからないけど、たくさんの記録が残っていた。

　さて、これらの大量の資料をどこで調べようかと考えあぐねていると、背後から誰かに声をかけられる。

「どうしたんだ？　そんなにたくさん抱えて」

　振り向くと、ナッシュ副団長だった。

　あの横領の件については、いまのところ他の団員にもミュレ村にも伏せられている。ここはナッシュ副団長の故郷であり、横領した金はこのミュレ村の復興に使われていたという複雑な事情もあって、公《おおやけ》にすればよけいな混乱を招くとの団長の判断からだった。

　他の団員さんたちもナッシュ副団長と私たちの間に何かあったんだろうということは気づいているのだろうけど、今は緊急事態中ということもあって詮索《せんさく》してくる人もいなかった。

「この前、ここの徴税請負人のルーファスという人と話していて、ちょっと気になることがあったんです。それで、一度過去の資料を洗いなおしてみようと思ってお借りしたんですが、思ってたより資料が多くてどこで広げて見ようかなと迷ってまして。どこかに大きなテーブルでもあればいいんですが」

そう私が言い終わる前に、足元に置いていた山積みの資料をナッシュ副団長は抱え上げると、村の外を指さした。

「あっちにある騎士団のテーブルを使えばいいよ」

あっちにあるテーブルといえば、騎士団の幹部の人たちがいつも相談したり作戦会議したりするときに使っているものだ。たしかに、騎士団が持っているテーブルの中で一番大きなものだけど。

「いいんですか？」

「ああ。広い方がやりやすいだろう」

じゃあ、お言葉に甘えて借りることにしよう。二人で資料を抱えると、そちらへと歩いていく。

ナッシュ副団長とはあの夜以来話していなかったから、何を話していいのかわからなくて内心気まずい。それで黙々と歩いていたのだけど、村を出た辺りで副団長はぽつりぽつりと話しかけてきた。

「キミがルーファスとやりあったって聞いたよ。おかげで、今年の税金がいままでにないほど下がったって、コットーが喜んでいた」

コットー？　って誰だっけ？　としばらく考える。ああ、そうだ。村長さんの名前だ。村長さんがコットーさんで、その弟がオットーさん。オットーさんとナッシュ副団長は親しいみたいだったから、オットーさん経由で聞いたのかもしれない。

「キミには本当に、世話になってばかりだ」

「……そんなことは。私はただ、気になったことを調べただけですから」

なんと答えていいのかわからず、そんなことを口にする。横領の件だって、気になったことを放っておいていつまでもモヤモヤするのは嫌だからと、調べてみたらいろいろな事実が出てきてしまっただけで。ナッシュ副団長を追い詰めるつもりなんてなかった。でも、結果的にそうなってしまったことで、彼を見るとなんだかチクリと胸が痛むんだ。

「コットーには、私がやったことについて団長を交えてすべて話したよ。コットーもオットーも私が騎士団の金に手をつけていることには薄々《うすうす》気づいていたみたいだったけど、村にとって金は死活問題だったから見て見ぬふりをしていたらしい」

周りに誰もいないからか、ナッシュ副団長はまるで懺悔《ざんげ》をするかのように私にとつとつと話してくれた。

「私はずっとみんなを裏切り続けていることを、悔《く》やんでいた。それでも村の期待も裏切れなくて……その板挟《いたばさ》みでずっと悩んでいたんだ。いつか団長や団のみんなに言わなきゃいけないと思ってはいたけど、その勇気がなくてずるずると今まで来てしまった」

テーブルのところまでやってくる。周りは騎士さんたちのテントで囲まれているけれど、いまは人の気配はないみたい。みんな、畑の方に出払ってしまっているんだろうな。抱えていた資料をテーブルの端に置いた。

「情《なさ》けない話だけれど。キミに暴《あば》いてもらって、ようやく私は団長やコットーたちに正直に言えるようになったよ。だから……ありがとう」

ナッシュ副団長はそう穏やかに言うとまっすぐに私を見た。

久しぶりに間近で見た彼は、予想に反してどこかさっぱりした表情をしているように思えた。

私は感謝されるようなことをしたんだろうか。よくわからない。ただ、これだけは言える。

「……罪は償《つぐな》ってください」

副団長はすぐに大きく頷く。やむをえなかった事情があったとはいえ、騎士団に損害を与えたのは確かなんだ。

「ああ。それは、もちろん。審判が下るのは王都に帰ってからだろうけど。一生かけてでも、金はすべて返すつもりだよ」

そのとき、村の方から他の団員さんが二人で話しながらこちらに歩いてくるのが見えたので、この話はここまでになった。

資料を年代順に並べて置いていると、副団長もそれを手伝ってくれる。ずらっと並んだ納税資料は、ざっと二十年分もあった。

「それで、何を調べるつもりだったんだい？」

「いままでの納税金額が正しかったのかどうか、です。あの徴税請負人の方は私と同じくらいの年ごろに見えましたが、どれくらい前からこの村を担当しているんですか？」

「五年前くらいからじゃないかな。その前は、彼の父親が担当していたはずだよ。あの家は代々、領主から徴税業務を請け負ってきた家系なんだ」

なるほど、世襲制なのね。じゃあやっぱり、ここにある資料はすべて調べなくちゃね。仕事を覚えて五年で堂々と不正ができるようになるとは思えないもの。そうなると、父親の代もかなり怪《あや》しい。

「ナッシュ副団長。ここに資料で残っているすべての税額を計算し直してみようと思っています。手伝っていただけませんか？」

「ああ、もちろんだとも」

そうして早速、私とナッシュ副団長とで手分けしてミュレ村の過去の納税記録を洗いなおしてみたんだ。

といっても納税に関しては徴税請負人が渡してくれた書類しかない。そこには人頭税、地代、収穫税のそれぞれの税額と総額が記されているのみ。

だから、それ以外にも村長さんからこの村の記録で現存しているものをありったけ借りてきていた。そこには毎年の収穫量やどこの誰に子どもが生まれたとか、誰が亡《な》くなったとかそういうことが書かれている。

副団長の話では、彼の記憶にある限り税率は変わっていないということだったので、収穫量から導き出される収穫税や、村の人数から計算した人頭税が正しいかどうかを確認してみることにする。

ちなみに地代については、この土地にミュレ村が移ってきた八年前からずっと同じ金額だった。

以前ミュレ村があった場所はここから馬で半日くらいの場所だったらしいけれど、同じ領主で徴税請負人もあのルーファス一族なのだそうだ。本当はもっと離れた場所に村を移転させたかったけれど、いろいろなしがらみがあって、領主や徴税請負人の管轄を跨《また》いでの移転はできなかったらしい。

そして副団長と二人で約二十年分の資料を計算しなおしてみたんだ。でも、ちょっとした計算間違いはあったもののそれほど大きな間違いや不正らしきものは見つからなかった。

「うーん。これは、どういうことなんだろう」

私は腕組みをして唸《うな》ってしまう。

あのルーファスの態度を考えると、もっとがっつり不正していてもおかしくないと思ったのになぁ。案外、ちゃんと税額は計算されていたんだ。

収穫物の単価をごまかしている可能性もあったけれど、それについては当時の相場表をどっかから入手してこないと判断できない。単価は、年によって豊作だったりそうじゃなかったりで動きが大きいみたいなんだ。商業ギルドや王国の公文書館みたいなところを当たれば正確な数字がわかるのかもしれないけれど、今ここで調べる術《すべ》はない。

収穫量と単価、それから導き出される税額。そして実際に徴収された金額。

それを古い年代から順番に書き出してみた。

それを睨んでみるけれど、何度見ても適切に税額は計算されているように思えた。

副団長も一緒にその紙をのぞき込む。

「どうやら計算はだいたい合っているみたいだね」

「そうなんですよね……」

ルーファスは今回たまたま間違えただけで、普段は不正なんてしない真《ま》っ当《とう》な人間だったのかな。

いや、それが一番いいに決まっているんだけど。

何かひっかかるんだよなぁ。

「計算が合っているとなると。他に間違いがあるとしたら、ここの数のどれかが違っているということになるのかな」

副団長は、単価と収穫量を指さした。

そうなんだよね。その二つの数値が違っていれば、計算結果自体も違ってくるもの。

そこでふと、あることに気がついた。

「そういえば、この村の記録にある収穫量って誰が測っているんですか?」

「え? ああ、それは徴税請負人が計測しているよ。この前、肉の計測もしに来ただろう?」

そっか。出荷される前に自分たちで計測したかったから、あんなに急いで来たのね。税額なら、肉を売り払った金額から十分の一を計算すれば手間がなくていいのに、なんでわざわざ出荷前に急いで来たのかと思ったけれど。

「計測って、私たちや村の人がしたんじゃだめなんですか?」

「計測や計量も徴税請負人の仕事なんだよ。それに、そもそも村にはそういう作業をできる人間がいないから、やりたくてもできないんだ」

計測は本来、徴税請負人が独占的にやっている業務のようだ。

今回は行商人のダンヴィーノさんがいたから、彼が買取価格を導き出すために計測した数値でそのまま押し切っちゃったけど。それってかなり、イレギュラーなことなんだろう。

私はルーファスたちが計測していた様子を思い浮かべてみた。たしかに作業自体はダンヴィーノさんと変わらなかった。でも、二人が導き出した数値は違ってたんだ。

ということは……。

私はあることに思い当たって、二人が出した数値同士を比べてみた。

そして、気づいたんだ。

「わかった、これだわ!」

思わず、ダンとテーブルを叩《たた》いて立ち上がった。

「ど、どうしたんだい？」

副団長がびっくりした顔でこちらを見上げていた。周りで他の作業をしていた人たちも一斉にこちらを見たので、恥ずかしくなってあたふた誤魔化しながらもう一度椅子に座りなおす。

「……すみません。つい興奮しちゃって。でも、わかったんです。ルーファスのやり方が」

「ルーファスの？」

こくんと頷く。

「もしそれが証明できれば、いままで払いすぎていた税金を取り返せるかもしれません」

＊　＊　＊　＊　＊

それから数日後。

キングビッグ・ボーの買取代金を手に、ダンヴィーノさんがミュレ村に戻ってきた。今回は大金を運ぶ必要からか、三人ほどギルドの雇った傭兵《ようへい》さんも連れてきていた。

それにほとんど遅れることなく、徴税請負人ルーファスたちの馬車も村に着く。ルーファスも今回は前回とは違う人たちを連れていた。お供は、一人は細身の中年男性、もう一人は身体が大きく見るからに屈強《くっきょう》な大男の二人。

私たちは教会の礼拝堂で彼らを迎えた。

村の代表者は、村長さんであるコットーさんとオットーさんの兄弟。それに、立会人としてゲルハルト団長とナッシュ副団長、そして私もその場に参加させてもらうことになった。

前は肉でいっぱいだった礼拝堂も、今は元どおり椅子が並んでいる。今回はその手前の入り口付近に騎士団のテーブルを持ち込ませてもらった。

そのテーブルの上に、まずはダンヴィーノさんが革袋を九つ置く。どれも置くときにずっしりと重そうな音を立てた。

「さあ。確認してくれ。このまえ提示したとおり、金貨八六〇枚だ。一袋に一〇〇枚入ってる。最後の一袋は六〇枚だ」

私と村長さん兄弟、ナッシュ副団長の四人は目を合わせて黙ってうなずくと、一袋ずつ開けて確認していく。

うわぁ、金貨がいっぱいだ。キラキラ輝いていて、目がくらみそう。

一枚の間違いもなく、金貨八六〇枚。ちゃんと揃ってた。

「間違いありません。金貨八六〇枚。お受けしました」

そして、村長さんがダンヴィーノさんの渡してきた受取証にサインをする。

これで、キングビッグ・ボーの肉の売買は完了。

さて、問題はこれからだ。

「じゃあ、私はここから税金分をいただきましょうか」

それまで少し離れた場所で椅子に座っていたルーファスが立ち上がると、お供の人たちを連れてテーブルに歩み寄ってきた。

彼がテーブルに並べられた金貨の袋に触れようとしたとき、私は彼の前にさっと右手を出してそれを遮《さえぎ》る。

「なんだ？　まだ、何か文句あるっていうんですかい？」

あからさまに顔を歪めて、不機嫌そうな声を出すルーファス。

「税金をお支払いする前に、一つだけ確認したいことがあるんです」

「確認？　なんだっていうんだ。この前、税金の額についてはアナタも確認したじゃないか！」

ルーファスが怒鳴《どな》ってきたから、一瞬ひるみそうになる。けれど、なんとか気を持ち直してキッと彼を見返した。ダンヴィーノさんをはじめ他の人たちにはあらかじめ、私が何をルーファスに問いただすつもりなのかは伝えてあったので、みんな私とルーファスの成り行きを見守っていた。

私は、口調《くちょう》を抑えたまま彼に言う。

「まだ確認していなかったことがあったんです」

「なんだっていうんだ！」

今にもこちらにつかみかかってきそうなルーファスだったが、それをしてこないのは、私の背後でゲルハルト団長やナッシュ副団長が睨みを利かせてくれているからだろう。

私は一つ息を吸うと、はっきりとした声で伝えた。

「アナタが計測に使った道具が本当に正確なのかを確かめさせてください」

その言葉に、ルーファスの表情が傍目《はため》にもわかるほどひきつった。数秒ひきつったまま固まったあと、今度は顔が真っ赤になる。

「何を言っているんだ！　私の計測器に間違いがあるとでもいうのか⁉」

テーブルを拳で叩きながら怒鳴る彼に、私は静かに畳《たた》みかけるように言う。ここで、気圧《けお》されちゃったら言い負かされる。だから、必死だった。

「アナタが前回計測したキングビッグ・ボーの肉の数値は、ダンヴィーノさんが計測した数値とかなりの差がありました。それをもう一度計算しなおしてわかったんです。各数値がちょうど一・二倍ずつになっていました。ということは、アナタのお持ちになっている計測器は実際よりも高い数値が出るようになっているんじゃないでしょうか」

そこに、それまで面白そうに口の端をあげて成り行きを見守っていたダンヴィーノさんが口をはさむ。

「俺の計測器は、行商人ギルド公式のもんだからな。間違いはねぇよ」

「くっ……」

ルーファスは唇《くちびる》を噛《か》むと俯《うつむ》いた。握られた拳が震えている。

彼の様子の変化に気づきながらも、私はさらに続けた。

「いまここで、ダンヴィーノさんがお持ちの計測器と比べてみてはいただけませんか。そうすれば、アナタのおっしゃる正しさを証明できると思うんです」

もし本当に計測器と呼ばれる彼の巻き尺に書かれた値が正しいものならば、身の潔白を証明するためにすぐにここに持ってくるだろう。

しかし彼は俯いたまま、動こうとはしなかった。

でも、まだこれで終わりにするわけにはいかない。

私は後ろにいるナッシュ副団長を振り返ると黙って小さく頷く。それを合図に、彼はテーブルの下に置いてあった資料をルーファスの前に置いた。それは、村長さんから借りた二十年分の納税記録だった。その一番上に載っている紙を、私は手に取る。

そこには、たくさんの数字が表になっている。そう、これが今回私とナッシュ副団長とで資料を調べなおして導き出した数字だった。

その紙を、ルーファスの前につきつけた。

彼は、なんだ？　という目でその紙に視線を引き付けられる。

「これは、約二十年分のミュレ村の収穫量と納税額の表です。村長さんとオットーさんに確認したところ、アナタがた親子は長年にわたってあの計測器を使っていたようですね。ルーファスさん。こちらの数値を見てください」

私は表の一番右端に書かれた数値を指さした。

「これは、アナタの計測器が実際よりも一・二倍大きな値を出すようになっていたと仮定して計算しなおした収穫量の数値です。こちらが本来の納税額。そして、さらに隣の数値がミュレ村がアナタに多く払いすぎていた金額です」

ルーファスは目玉が飛び出るんじゃないかと心配になるほど大きく見開いた目で、数値を見つめていた。額《ひたい》に次々と玉の汗が浮かんでいるのは、冷や汗だろうか。

私は紙をくるっとまるめると、隣にいた村長さんにそれを渡した。

村長さんは受け取った紙をじっと見つめると、ルーファスに視線をあげて言う。

「もしこれが本当なら、長年にわたって私らをだまして不当にたくさんの税金を取ってたことになる。すぐにでも領主様にすべてを報告するだ。証人もここにおるだでな」

その言葉に間髪《かんはつ》入れず、団長が応《こた》える。

「西方騎士団団長、ゲルハルト・シュルツスタイン。西方騎士団の名において証人となろう」

次に、副団長も応えた。

「西方騎士団副団長、ナッシュ・リュッケン。右に同じ」

ダンヴィーノさんもヘラッと笑って、どこか楽しそうに言葉を繋げた。

「自由都市ヴィラス、行商人ギルド長ダンヴィーノ・キーンも右に同じだ。さぁ、証人がこれだけそろっちまったが、お前さん。どうするね？」

追い詰められたルーファスの顔は、既《すで》に血の気が引いて真っ白になっていた。

このままダンマリを続けるなら、ここを管轄している領主にこれを報告せざるを得ない。もし不正に取得した税金を返してくれるというなら、そこからは村長さんに任せようとも思っていた。村長さん一人で不安なようなら、ダンヴィーノさんに頼んで誰か信用できる専門家を紹介してもらってもいい。

そう考えていたのだけど、ルーファスの反応はあらかじめ予想していたものの中で一番荒っぽいものだった。

ルーファスはキッと顔を上げると、すぐさま後ろに控えていた細身の男に命令した。

「やれ！」

その命令に応えて、男が両手を掲げると呪文《じゅもん》を唱える。

「氷矢《アイス・アロー》！」

次の瞬間、彼の手のひらから生み出された無数の氷の矢がこちらに向かって放たれた。

突然の魔法攻撃に固まってしまった私は、ぐいっと強く手を引かれる。手を引いたのはゲルハルト団長。私と村長さんは彼の背中に守られるように、その背後に匿《かくま》われた。

ナッシュ副団長の、

「炎小壁《ファイアー・ウォール》！」

という鋭い声とともに、私たちの前に真っ赤な炎の壁が立ち上がる。

氷の矢はすべて炎の壁に阻《はば》まれて、じゅっという音とともに消えてしまった。

ルーファスは、魔法攻撃が効かないと見るや否《いな》や、腰に差していた剣を抜いて教会から逃げ出した。それにお供の魔法士が続く。もう一人のお供の大男は、金貨ののっていたテーブルをひっくりかえして出て行った。

「きゃ、きゃあっ」

大量の金貨がこちらに流れてきて危《あや》うく金貨の雪崩《なだれ》に押しつぶされそうになる。なんとか後ろに下がって難を逃《のが》れたけど、

「どうしよう。逃げられちゃう！」

慌ててルーファスたちを追いかけようと扉へ駆ける私の後ろから、ゲルハルト団長の軽快な笑い声が聞こえてきた。

「ハハ。慌てなくても、大丈夫だって。俺たちがついてるんだ、逃げられるもんか」

その言葉のとおりだった。

扉の外に飛び出てみると、

「あ……」

団長の言葉が本当だとすぐにわかる。

扉のすぐ外では、例の魔法士がドーム型の氷に閉じ込められている。中から叩き割ろうとしてい

るけれど、びくともしないみたい。

「魔力を練り上げる速度も練度《れんど》もまったく足りませんね」

外にいたクロードが、眼鏡をくいっと上げると服についた白い粉をぱっぱと払う。どうやら氷魔法を使えるもの同士撃ち合いをして、彼が圧勝したようだった。

教会の数メートル先では、大男が仁王《におうだ》立ちのまま動けなくなっていた。よく見ると、下半身に草のツルが絡《から》みついている。あれはテオの精霊魔法。それに、アキちゃんが男に剣をつきつけているので抵抗すらできないようだ。

お供の二人をあっさりと戦闘不能にさせられ、ルーファスは足を止めて呆然《ぼうぜん》とする。しかし、すぐに我に返ると剣をがむしゃらに振り回しながらお供の二人を置いて一人で逃げ出した。

そのルーファスの前に一人の男が立ちふさがる。

ルーファスはその男にも容赦《ようしゃ》なく斬りかかった。

「どけどけ！　立ちふさがるものは誰でも斬るぞ！」

危ない！　と目を閉じそうになったけれど、金属が擦《こす》れあう音が響いた次の瞬間、ルーファスは教会まで吹き飛ばされていた。そして、教会の石壁にぶつかったあと地面にくにゃっと倒れる。

「やっべ。やりすぎちゃったかな」

ルーファスが襲いかかった相手は、フランツだった。普段魔物相手に戦っている彼にルーファスが敵《かな》うはずもなかった。

ナッシュ副団長が動かなくなったルーファスの傍へ屈《かが》むと、その首元に手を当てる。

「大丈夫。気絶してるだけだよ」

それを聞いてフランツは、ホッと息を吐く。そして私の姿を見つけると、こちらににこやかに手を振った。

「お疲れ様。うまくいった？」

彼の笑顔に、緊張していた私の心もホッと和《なご》む。うんっ、と笑顔で頷いた。

これでなんとか、一件落着《らくちゃく》かな。あとはルーファスたちを領主の前に差し出せばいいだけだものね。

そのとき、教会から村長さんが出てくると私たちに向けて深く頭を下げた。

「西方騎士団の皆様。何から何まで、本当にありがとうございました。一人の死者もなく助けていただいて、そのうえこうして村の今後のことまで助けていただいて、本当に、なんと礼を言っていいだか……」

最後の方はもう、涙声になっていて言葉になっていなかった。

その村長さんの肩を、ゲルハルト団長がぽんと叩く。

「魔物の脅威《きょうい》から王国民を救うのが騎士団の役目です。今回は間に合えて良かった。だが、そのあと畑のことで落胆《らくたん》するアナタたちを見て肉を売ろうと言い出したのも、税金の不正を見つけたのも彼女です」

ゲルハルト団長は私に目を向けると、ニッと笑う。

その言葉に村長さんは私の方へと駆け寄ってくると、私の手を握って何度も、

「ありがとう……本当にどうもありがとう……」

と、涙ながらにお礼を言ってくれた。

その様子にフランツも頷きながら、

「カエデ、ムーアの森からここまでずっと頑張ってたもんな」

と労《ねぎら》ってくれる。クロードも、

「カエデの発想にはいつも驚かされるが、どれも的《まと》を射ているからな」

と、珍しく褒《ほ》めてくれた。

「でも、それはフランツやクロードや、みんなの協力もあったから」

どれも、みんなの協力で達成できたことだもの。自分一人では何もできなかったに違いない。でも、フランツは柔らかく笑うと、

「俺たちは手伝っただけだって。カエデが道筋をつけてくれたから役立てた。どれもカエデのおかげだよ？」

そう言葉をかけてくれる。他の人たちも、フランツの言葉にウンウンと頷いていた。

みんなに温かく見守られてなんだか照《て》れ臭《くさ》かったけれど、うまくいってよかったっていう安堵《あんど》の気持ちと、頑張って良かったという嬉しさで胸がいっぱいになった。これでミュレ村が立ち直れるといいな。


その日の夕方。

ミュレ村の人たちが私たちへの感謝のしるしとして、宴会を開いてくれた。幸い去年仕込んだ地酒が残っていたとかで、それに合わせて食料用に残してあったキングビッグ・ボーの肉を使って串焼きや煮込み料理をふるまってくれた。

私も料理を手伝おうとしたんだけど、村の女性たちにお客様は座っててくださいって宴会場になっている大焚き火の傍に戻されちゃった。

キングビッグ・ボーは煮ても焼いても、肉汁たっぷりでやわらかくてとっても美味しい。地酒はにごり酒のようで少しとろっとした白濁したお酒。少し口をつけてみたけれど、舌触りはなめらかなのに思った以上に度数が高い！　だから何口か飲んだだけで、顔が熱くなっちゃった。

村の人たちが次々に運んでくれる大皿料理をあれこれ食べていたら、すっかりお腹いっぱい。

もう宴もたけなわになりつつあったので、少し酔いを醒《さ》まそうかなと思って宴会場から離れることにした。にぎやかで楽しそうなみんなの声を背後に聞きながら、村の中を歩いていると井戸のところにたどり着く。その井戸のへりにもたれて、空を見上げた。今日は昼間はもくもくと入道雲が出ていたけど、今は西の空に赤い雲がたなびいている。藍《あい》色のグラデーションで夜へと変わっていくところだった。

お酒で火照《ほて》った身体に、ひんやりとした夕方の風が心地いい。

ゲルハルト団長とダンヴィーノさんは気が合うみたいで、二人で楽しそうに杯《さかずき》を交わしてたっけ。団長、飲みすぎて明日二日酔いにならなきゃいいけど。

そうそう。ダンヴィーノさんにさっき、「騎士団が嫌になったら、行商人ギルドに来いよ。アンタならあっという間にでかい街のギルド長くらいなれると思うぜ」と、勧誘を受けてしまった。酒の席での冗談《じょうだん》だと思っていたら、すぐさま団長が「カエデはうちの大事な団員だから、そういう勧誘は見逃せねぇな」なんて返してくれた。行商人ギルドも面白そうではあるけれど、私はこの騎士団が大好きだから団長の言葉は素直に嬉しかった。

ナッシュ副団長はオットーさんや村の人たちに囲まれていた。いままでずっと慌ただしかったから、故郷の人たちとゆっくり話をする暇もなかったんだろうな。

フランツはお酒を飲んでも相変わらず陽気で楽しそうだし、クロードはどんだけ飲んでも顔色一つ変えない。あの二人はお酒が入ってもいつもとあまり変わらないよね。

アキちゃんとテオはまだお酒を飲めないから、この辺りで採れるという柑橘《かんきつ》類のジュースを飲んでいた。私も一杯もらってみたけど、強めの酸味の中にさわやかな甘さがあって飲みやすかった。

サブリナ様とレインはいつものように紅茶を飲んでいらっしゃるなぁと思っていたら、なんと地酒入りの紅茶だった！「私あまりお酒に強くないから。でもこうやって飲むのも美味しいのよ」なんてほんのり頬を染めてらしたサブリナ様は可愛らしくてつい抱きしめたくなっちゃいそう。

そうやって宴会のみんなの様子を思い返していたら、突然、「カエデ」と声をかけられる。

風にあおられる髪を手でなでつけて振り返ると、フランツがこちらに歩いてくるところだった。

「どうしたの？　気持ち悪いの？」

どうやら私が酔って気持ち悪くなったと思って、心配して見に来てくれたらしい。

ううん、と首をゆるゆると横に振る。

「少し酔っちゃったから、醒まそうかと思って」

「そっか」

「フランツは、もういいの？」

「ああ。もう腹いっぱい」

そういって、彼はひょいっと井戸のへりに腰掛ける。

私はもう一度、空を見上げた。西の空に太陽が少しずつ沈むのに合わせて、空のグラデーションはだんだんと赤から紺《こん》へと塗り変わっていく。

夕焼けが綺麗《きれい》に見えるのは、きっとこの世界の空気が私が元住んでいた世界よりもずっと澄んでいるからなんだろうな。

「カエデは、よく空を見上げているよね」

「うん。昼の雲も、夕焼けも、星空も。どれもすごく綺麗なんだもん。でも、空だけじゃないよね。この前までいたムーアの森も、青の台地も、硝子草《がらすそう》の丘も、アクラシオンの工房通りもどこもすごく綺麗で。次はどんな景色に会えるんだろうって、考えるだけで楽しくなるの」

きっと。この数ヶ月、西方騎士団の一員としてあちこちを巡って見たたくさんのものを私は一生忘れないにちがいない。

「このあと。何年経《た》っても、何十年経っても。宝箱から大切な宝物を取り出して眺めるようにこの遠征のことを思い出すんだろうな」

そう言って彼に微笑むと、彼はなんだか眩《まぶ》しそうな目をしてこちらを見ていた。

「俺も、騎士団の遠征には何度も参加してきたけど、今回ほど大変で……でも楽しかった遠征はなかったなぁ。なぁ、カエデ。ちょっと、目、つぶっててくれないかな」

「え？」

急にそんなことを言われて戸惑《とまど》うけれど、フランツが目で「お願いっ」って言ってきているのがありありとわかったから、

「う、うん。わかったわ」

ぎゅっと目をつぶる。フランツが何かガサゴソしているのが気になって薄目を開けたくなったけど、

「まだ見ちゃだめだよ」

って、念を押して言うからもう一度ぎゅっと目を閉じた。

それから少しして。

「はい。開けていいよ」

そっと目を開けてみると。

私の左手首に可愛らしいブレスレットが輝いていた。

草花が絡み合ったような繊細《せんさい》なデザインの銀細工で、銀で形づくられた小さな花がとても可愛らしい。そこに実のようにオパール色の魔石《ませき》がついている。

その造形に見覚えがあって、あっと声をあげる。

「これ！　アクラシオンの⁉」

そうだ。フランツが妹のリーレシアちゃんへのお土産《みやげ》を選んでいるときに入った工房で見つけたブレスレットだった。

デザインが素敵で手に取ったけれど、魔石のついたそれはとても高価だったしそんなお金なんて持ってなかったから。私はそっとその場に戻したんだったっけ。

「カエデ、あの店にいたときずっとソレ見てただろ」

「で、でも……こんな高価なものどうやって……！」

そこまで言って、思い出した。

フランツのお小遣い帳。そこには、リーレシアちゃんへのお土産代の他に、使途のわからないお金がとってあった。

あれは、私への贈り物を買うためにとってあったんだ……。

「カエデにお小遣い帳の使い方、教えてもらっただろ。だから、そのお礼……っていうか、その……キミによく似合うと思ったんだ。だから、受け取ってもらえないかな」

フランツは頬を指で掻《か》きながら私の様子を不安そうにうかがう。

リーレシアちゃんのお土産だけじゃなくこのブレスレットまで買ったら、フランツが自由に使えるお金なんてあと少ししかないのに。これを買うために、街で飲むのも好きな画材を買うのもどれだけ頑張って節制してきたのか、彼のお小遣い帳をずっと一緒につけてきたからよくわかる。

じんわりと滲《にじ》みそうになった目頭《めがしら》をそっと指で拭《ぬぐ》って、フランツの顔を見上げた。

つけてもらったブレスレットに右手でそっと触れる。

「ありがとう。フランツ。大事にするね」

笑みを返すと、彼の表情も安心したように笑顔に変わった。

「もっと早くに渡すつもりだったんだけど、いろいろあってゆっくり話す暇もなかったから。でも、受け取ってもらえてよかった。突き返されたらどうしようって、ずっと不安で夜も眠れなかったんだ」

あんな巨大なキングビッグ・ボーにすら臆《おく》せず立ち向かえる彼が、そんなことでずっと思い悩んでいただなんてなんかおかしくてつい笑みが溢《あふ》れそうになる。でも、フランツが私のことをリーレシアちゃんと同じように想っていてくれることが素直に嬉しかった。

風に乗って、宴会場の賑やかな声がこちらまで流れてくる。

私たちはしばらく宴会場には戻らず、そこでいつまでも他愛《たわい》もないことを話し続けた。

この日のことも、きっと、かけがえのない一生の思い出になるんだろう。フランツはそんな大切な思い出を私の中にどんどん増やしてくれる。私も彼にとって、そんな存在であれたらいいのにな。

そんなことをこっそり、茜《あかね》色の空に願った。

＊＊＊＊＊

その後、ルーファスは領主に突き出された。そして調査の結果、彼が使っていた計測器はやはり不正に大きな数値が出るよう改変されたものだったことがわかった。結局、彼は徴税請負人としての資格を剥奪《はくだつ》され、長年にわたって不正に取り立てた税金をミュレ村に返還するよう罰が下る。しかも後の調査でルーファスが不正を行っていたのはミュレ村だけでなく管轄していた他の多くの村でも行われていたことが判明し、被害総額はとてつもない金額になったらしい。

そのため、どの村の返還額も被害額には満たなかった。しかし、今後は新しい徴税請負人の元で適正に税金が課せられるようになれば、ミュレ村の暮らしもずっと楽になることだろう。

さらにコットー村長はルーファスから返還されたお金をそのまま、ナッシュ副団長がミュレ村へ流していた西方騎士団からの横領金の返還に充《あ》てることを決めた。そこには、たとえ全額を返還するには足らなくても、少しでも返したいという村人たちの強い気持ちがあったのだという。

こうして過去の負債を清算して、ミュレ村は新たな一歩を歩み始めるのだった。

第六章　騎士団の金庫番

徴税請負人《ちょうぜいうけおいにん》ルーファスを領主の使者に預けるところまで見届けて、私たち西方《せいほう》騎士団の一行はミュレ村を発《た》つことになった。出発の朝には、村の人たちが総出で見送ってくれる。みんな、私たちが見えなくなるまでずっと手を振り続けてくれていた。

その後は本来のルートへと戻り、私たちは順調に遠征を続けていった。

そして、ミュレ村を発ってから二ヶ月ほど経《た》ったころ。

予定よりも二週間遅れて、西方騎士団はついに王都へとたどり着く。街道を進むにしたがってその大きな都が近づいてくるのが見えてきた。

王都の近くまで来て、西方騎士団の列のスピードが落ちる。走りながら隊列の順番を変えているようだった。それにあわせて、それまで警備のために列の周りを馬で並走していたフランツとクロードが、救護班の荷馬車を挟《はさ》むように傍《そば》までやってきた。

「ようやく着いたな。あれが、王都だよ」

フランツが指さす先には、高く厚い壁に覆《おお》われた王都。そしてそこへ入るための巨大な正門がそびえている。

「王都に入ると、すぐに人々の歓迎を受けるからな。心しておいた方がいい」

と、クロード。え、歓迎ってどういうこと？　と疑問に思うものの、詳《くわ》しく話を聞く前に二人は前方にいる団長に呼ばれて、

「やべ、俺《おれ》らも並ばなきゃ」

と、列の先頭の方に行ってしまった。

大きく開かれた正門へと西方騎士団の列はゆっくり進んでいく。外壁を守る衛兵さんたちはみな、ピンと背筋を伸ばして出迎えてくれた。

重厚な門を通り抜けたとたん、わぁっという歓声が私たちを取り囲んだ。

うわっ、これがクロードの言っていた『歓迎』なのね⁉

大通りにはたくさんの人たちが出ていて、私たちを歓声とともに迎えてくれていた。お母さんに抱かれた小さな子から、お年寄りまで老若男女《ろうにゃくなんにょ》。たくさんの人たちが私たちの列に向かって笑顔《えがお》で手を振り、声をかけてくれている。綺麗《きれい》な花びらを撒《ま》いてくれる人たちもいた。

事前にクロードに教えてもらっていたにもかかわらず、私はその雰囲気《ふんいき》にすっかり圧倒されてしまっていた。

その中を、石畳《いしだたみ》の大通りに沿って進んでいく西方騎士団の列。

先頭にはゲルハルト団長。それにナッシュ副団長が続く。その次にはフランツやクロードたち正騎士さんたちが二列になって馬を進ませる。さらに従騎士さんたちの列があって、その後ろに救護班の荷馬車が続いていた。荷馬車の右を見ても左を見ても、何層にも人の列が取り囲んで歓迎してくれている。

「モモ……どうしよう。すごくたくさんの人がいるよ……」

私は救護班の荷馬車に乗せてきた黄金の仔羊《こひつじ》のモモが、たくさんの人の声に驚いたり怯《おび》えたりしないかと胸に抱いて座っていたけれど、

「メエエエエエエエ」

モモはいつもと変わらずのどかに一声鳴いただけで、すぐに私に抱かれたままお昼寝を始める。

サブリナ様も、荷馬車の御者《ぎょしゃ》席にいるレインもこの盛大な出迎えに慣れた様子で、微笑《ほほえ》んで穏《おだ》やかに手を振って返している。私もあれをやった方がいいのかな。でも、誰も私のことなんて見てないよね。うん。やっぱり、目立たないようにしとこう、とモモを抱いて小さくなっていたら、サブリナ様に微笑まれてしまう。

「堂々としてたらいいのよ。アナタももう立派な西方騎士団の一員なんですから」

「そ、それはそうなんですが……」

でもやっぱり、パレードを見る側じゃなくて見られる側になるのは落ち着かないです！

フランツはどうしているんだろうと荷馬車から身を乗り出して前の方を見てみると、彼は優雅さすら感じる仕草でラーゴの上から群衆に向けて手を振っていた。こうやって改めて見ると、まさに王子様みたい。金色に輝く白馬のラーゴに乗って、手を振るさまは本当に映画の一シーンのようだもの。

彼に手を振ってもらったお嬢さんたちが、キャーッと黄色い歓声をあげているのまで見えてしまった。しかもそれが一人二人じゃないんだよね。

改めて西方騎士団の人たちは、この王都、ううん、この国の人たちにとって英雄なんだなって実感する。王国を守る英雄たちの帰還なんだもの。それは大歓迎されないはずがない。

そしてその中でも特に、若くて実力があってイケメンで、しかも貴族でもあるフランツが多くの女性たちのあこがれの存在であることも思い知ってしまった。

「ほら。アナタももっと背筋を伸ばしてごらんなさい」

突然サブリナ様にポンと背中を押されて、キャッと声が出そうになった。

「もうここの暫定《ざんてい》金庫番なんでしょう？」

そうなんだ。ミュレ村の一件のあと、団長はナッシュ副団長を金庫番の仕事から降ろした。それ以来、金庫番の仕事は私が暫定金庫番としてメインで担《にな》っていて、ナッシュ副団長はその補佐をする形になっている。一時的とはいえ、まるで役割が逆転してしまっていた。でもそれもこの遠征が終わるまでのこと。次の遠征からはまた誰か別のふさわしい人が金庫番を務めることになるんじゃないかな。

そのとき、通りを埋める人垣《ひとがき》の中から飛んできた声が耳をかすめた。

「ほら、あれ。カエデ様じゃない？」

「ほんとだ！　金の羊を抱いてらっしゃるわ！」

「じゃああれが、バロメッツの黄金羊⁉」

なんてお喋《しゃべ》りが聞こえてきたよ⁉

えぇぇぇぇ、なんで私の名前を街の人が知ってるのぉぉぉぉぉ⁉

予想外のことにうろたえていると、サブリナ様がにこやかに教えてくださった。

「私たちのことはよく吟遊《ぎんゆう》詩人たちの歌とかになっているらしいから。それで知られたんじゃないかしら」

ひえっ。私のことまで歌われているの？　それは聞いてみたいような、怖いような。

大通りの先には城壁があり、その向こうに白壁で青屋根の美しい城が見える。

そうこうしているうちに西方騎士団の列は城壁に設けられた重厚な門を潜《くぐ》り抜けて城内へと入った。最後尾の馬が門を通り抜けると、城門はゆっくりと閉じられる。

門が閉められるとともに、外からの歓声が小さくなってようやくホッと一息ついた心地だった。

城門の内側には広場があって、そこで西方騎士団の列は止まる。

ゲルハルト団長がみんなの方に馬を向けると、いつもの大鎌《おおがま》ではなく、腰に差した剣を抜いて高く掲げた。それに合わせて、西方騎士団の騎士さんたち、従騎士さんたちも各々《おのおの》の武器を高く掲げる。バッケンさんたち修理班の人たちはハンマーを掲げていた。私たちはどうするんだろうとサブリナ様を見ると、彼女は右手を静かに胸に当てている。レインも同じ仕草をしていたので、私も真似《まね》て同じように胸に手を当てた。

みんなの手が挙がっているのを見渡すと、ゲルハルト団長は声を高らかに宣言する。

「ここに、第四十五期西方騎士団西地遠征を終了する！」

それに「おー!!」というみんなの声が続いた。そして、無事に王都に帰ってこれたことを互いに喜び合った。

私も王都に来るのは初めてだけど、ここにこうやって一人も欠けることなく戻ってこれたことにやり遂げたという感慨《かんがい》と誇《ほこ》らしさが湧《わ》いてくる。

でも、喜びを分かち合っているみんなの笑顔を見ながら、心の中ではそこはかとない寂《さび》しさも感じていたんだ。

これで、私の西方騎士団への同行の旅は終わってしまった。

みんなはまた半年すれば遠征に旅立つんだろう。でも、私はもうそれには同行できない。なんだかまた一人ぼっちになってしまったような、そんな寂しさに胸がつぶれそうだった。

城壁の内側にも、私たちを出迎えるようにたくさんの人たちが待っていた。

彼らは団長の終了宣言を拍手で迎えると、待ちきれないといった様子でワッと私たちの方に駆け寄ってくる。あちこちで歓声があがり、抱き合ったり無事を喜びあったりしだした。彼らは、城内まで出迎えに来てくれた団員さんたちの家族や関係者のようだった。

ゲルハルト団長は五人の女性に囲まれていた。その一人を団長はぎゅっと抱きしめる。あれはたぶん奥さんで、周りにいるのは娘さんたちみたい。

アキちゃんはご両親らしい二人とにこやかに話しているし、テオはお兄さんなのかな？　よく似た年上の青年に労《ねぎら》われていた。

クロードは、身分の高そうな白髪の紳士と穏やかに話している。もしかすると、あれはクロードの才能を見込んで後見人になってくれたっていう領主の関係者なのかも。

レインも、十歳くらいの男の子と奥さんに囲まれて嬉《うれ》しそう。あのお二人のことは、レインがいつも肖像画をペンダントのロケットに入れて眺めていたから見覚えがある。

サブリナ様のところには、彼女とよく似ている穏やかな目元をした息子さん二人と娘さんが出迎えに来ていた。サブリナ様が彼らに私を紹介すると、

「手紙で母からは聞いているよ。しばらくうちの別邸に暮らすんだろう？　よろしくね」

と挨拶《あいさつ》してくれたので、私は驚いてサブリナ様を見る。

「行く先が決まるまで、王都にあるうちの別邸を使うといいと思っているの。私も王都にいる間はそこにいるのよ。もちろん、アナタが気に入るならずっといてくれても構いませんけれどね」

そう彼女は微笑んだ。

このあと私はどこへ行けばいいのか、一人暮らしするにしても知らないことだらけで不安だったから、サブリナ様の申し出は素直にありがたかった。

お互いに自己紹介を済ませたあと、サブリナ様はお子さんたちと積もる話もあるだろうから私は少し下がって邪魔《じゃま》にならないようにしていた。

そういえばフランツはどこにいるんだろう？　やっぱりおウチの人が迎えに来ているのかな。フランツのおウチの人ってどんな人たちなんだろう。

そんなことを考えていたら、「カエデ」と名前を呼ばれる。声の方に視線を向けると、フランツがこちらに手を振っているのが見えた。振り返すと、彼はすぐに人の間を縫って私の元までやってくる。

「カエデ、お疲れ様」

「フランツも、お疲れ様」

そう言って二人で笑いあう。そして、ふと彼のお迎えの人たちはどうしたのかと気になった。見たところ誰か他の人を連れている様子はない。たしかご家族は王都に住んでいると聞いた覚えがあったのだけど。

「お迎えの方は……？」

そう尋《たず》ねると、彼はどこかバツが悪そうに笑った。

「誰も来ないよ。いつも」

そ、そうなんだ。そういえば、複雑なご家庭なんだっけ……。

そのとき、フランツの顔からにこやかな表情がスッと消えた。そしてあまり見たことがないような険《けわ》しい目つきで広場の一角を見つめる。

え？　どうしたの？　と思って彼の視線の先を目で追うと、城の渡り廊下に一人の男性が立っているのが見えた。上品なジャケットに身を包んだ金髪の紳士。年のころは五十過ぎといったところだろうか。でも他の出迎えの人たちとはまったく違う、人を寄せ付けない厳格そうな雰囲気を漂《ただよ》わせている。彼はこちらを見ていたようだったけれど、フランツがそちらに視線を向けたためか、すっと視線を逸《そ》らした。そして、お付きの人たちを引き連れて、渡り廊下の向こうへと消えてしまった。

誰だったんだろう、と少し考えてすぐに思い当たる。

「え、もしかしていまの、お父さん？　お迎えに来てたの？」

それにしては、フランツと目を合わせたとたん、どこかへ行っちゃったけど。

「生存確認しに来ただけだろ」

いつになくぞんざいな口調《くちょう》で、フランツはそう言い捨てる。

いまのわずかなやりとりだけでも、親子の確執《かくしつ》はありありと伝わってきた。

「それで。カエデは、このあとどうするの？」

早く忘れたかったのかフランツがすぐに話題を変えてきたので、私もそれに合わせる。

「うんとね。サブリナ様の別邸に置いてくださるって。しばらくそこにいるつもり」

「そっか。なら、手紙を書くよ。今度リーレシアんとこにお土産《みやげ》渡しに行こうと思ってるから、カエデも一緒に来ない？」

おお！　フランツの可愛《かわい》い妹のリーレシアちゃん！　それはぜひお会いしてみたい！

「でも、私が行ってお邪魔じゃないの？」

お誘いは嬉しいけど、久しぶりの兄妹の再会を邪魔するのはなんだか忍びない。だけど、フランツは、

「そんなことないって。リーレシアもカエデに会えたら喜ぶと思うんだ」

「そう？　じゃあ、ぜひ私も同行させてもらおうかな」

「よしっ、決まりな！」

なんてことを話していると、クロードもこちらへやってきた。

「二人ともお疲れ様。なんとか、今回も無事にたどり着いたな」

「今回の遠征は、ほんと、いろいろあったもんな」

とフランツが言うと、クロードは眼鏡の奥で小さく苦笑する。

「お前にとっては、なおさら特別な遠征だったろうしな」

「え？　特別？」

思わず私がそう尋ねると、クロードが、

「運命の相……」

と何か言おうとしたのを、フランツが慌《あわ》てた様子で遮《さえぎ》った。

「な、なんでもないって！　それより、クロード。お前、このあとどうすんの？　実家の村に帰る

のか？」

なんだか話を逸らされてしまったけれど、振られた話題にクロードはフムと顎《あご》に手を当てて考える。

「しばらく休みがあるからな。その間にちょっと顔出しておこうとは思ってる。無事を知らせたいし、なによりカエデに教えてもらった新しい調理法も両親に伝えたいしな」

と、いまにも教えたくて仕方ないといった様子。きっと彼なりにアレンジして他にも美味《おい》しい料理を編み出してくれるんじゃないかなと、ちょっと期待してみる。

するとそこへ、私たちの傍《そば》に一人の男性が近づいてきた。

ナッシュ副団長だ。

「カエデ。今回は、本当に世話になった。ありがとう」

「いえ……私も、何かお役に立てていたのなら嬉しいです」

そう返すと、彼は少し笑った。

「役に立てたら、なんて。謙遜《けんそん》しなくていいんだよ。もしキミと出会っていなかったら、西方騎士団はこうやって全員無事にここに帰ってこれたかどうかすらわからない。それくらい、今回の遠征は稀《まれ》にみる苦難続きだった。それに……私もどれだけキミに世話になったかわからない」

そして私に頭を下げたあと、

「もし、何か困ったことがあったら言ってくれ。私にできることならなんでも力になりたい」

そう言い残すと彼は去って行った。

彼への罰がどんなものになるのかはこのときはまだわからなかったけど、去って行くその背中はどこか寂しそうにも見えた。

その後の騎士団本部による審判で、ナッシュ副団長は騎士団財産横領の罪により私財の没収《ぼっしゅう》を言い渡されることになる。けれど、彼自身はほとんど財産を持っていなかったため、今後も返済金を払い続けることになった。さらに彼は西方騎士団の副団長と金庫番の職からは解任されたものの、炎の魔法の使い手は戦力として貴重であるとの意見が多数出て、結局は平騎士に降格したうえで騎士団に残ることになった。

＊＊＊＊＊

みんなに別れを告げたあと、私はサブリナ様を迎えに来た馬車で彼女の王都の別邸へと案内された。馬車といってもいままで私たちが乗っていた荷馬車とは違って、ドアがついた個室のようなタイプのもの。壁面には細かな木彫りの模様が施《ほどこ》されていて、中に置かれた対面式の長椅子《ながいす》はビロードのような質感なの。ふわふわしてて、なんだか少し落ち着かない。

窓から見える王都の街並みは、今まで見たどの街よりも家や人が多くて、とても活気がありそうだった。落ち着いたら散策してみようかな。

王城からしばらく馬車で走って着いたサブリナ様の別邸は、私には充分すぎるほどのお屋敷だった。

サブリナ様のあとに続いて御者さんに手を支えてもらって馬車から降りると、屋敷の前にはメイドさんや執事《しつじ》の方々がずらっと並んでこちらに頭を下げていた。

「おかえりなさいませ、奥方様。ようこそ、カエデ様」

「長らく留守にしましたね。みな、変わりはないですか？」

優雅に微笑まれるサブリナ様は、どこからどう見ても貴族の奥方様。

そう、馬車の中で教えてもらったんだけど、サブリナ様の一族は子爵《ししゃく》の位を持つ貴族なのだそう。他にも、騎士団の団員さんたちには貴族の身分を持つ人が結構多いんだって。フランツの家が伯爵《はくしゃく》家だったのは知っていたけど、遠征中は身分に関係なくみんなで大焚き火《たび》を囲んで同じご飯を食べていたから、そういう違いを意識することはなかったものね。

並ぶ使用人の皆さんに圧倒されながらも、サブリナ様について屋敷に入る。正面玄関の扉《とびら》を抜けるとそこは天井の高いホールになっていて、奥にはゆるやかにカーブを描く階段があった。天井には大きなシャンデリアがさがっていて、つい見とれてしまう。

「カエデを部屋に案内してあげて」

「はい。さぁ、こちらへ」

「は、はいっ。今行きます！」

執事の人に案内してもらって階段を上ると、彼は廊下を少し行ったところにある部屋のドアを恭《うやうや》しく開けてくれる。

「こちらがカエデ様の部屋になります。どうぞ、旅の疲れをお癒《いや》しください。夕食の時間になりましたらお呼びに参ります」

「あ、ありがとうございます」

ぎこちなく挨拶を返すと、彼はもう一度深くお辞儀《じぎ》をして去っていった。

その部屋は、私が東京で住んでいた部屋の三倍はありそうな広さで、奥には私が三人くらい寝れそうなほどのこれまた大きなベッドがある。

そんな広い部屋のどこにいていいのかわからなくて、とりあえずベッドに腰かけ、そのままポスっと仰向《あおむ》けになった。

すっかり慣れてしまっていた騎士団の野外生活から、急に貴族のお嬢様のような生活へと周りの景色が百八十度切り替わってしまって、なんだか気持ちがついていかない。夢を見ているようで、現実感もあまりなかった。

左手を上に掲げると、フランツにもらったブレスレットがしゃらりと揺れる。

フランツ、今ごろどうしてるんだろう。

西方騎士団の人たちは一週間休みをもらった後は、今度は王城での勤めを半年間果たすんだって。私が次に彼らに会えるのは、いつなんだろうね。もしかしてもう、このまま一生会えないのかな。

早くも遠征が懐《なつ》かしくなりはじめていて、少し鼻の奥がつんとなった。

でも、こんなベッドに横になるのはここの世界に来てから初めてのことで、数ヶ月ぶりのふかふかな心地よさに身を委《ゆだ》ねていたら、いつの間にか意識が途切れてそのまま眠りに落ちてしまった。

トロトロと微睡《まどろ》んでいると、突然コンコンという音で意識を引き戻される。

え？　なに？

ガバッと起き上がると、またコンコンという音。あ、これ、ドアを叩《たた》く音だ。

「はーい。いま行きます」

手櫛《てぐし》でサッと髪を整えると、部屋のドアを開けた。すると先ほど案内してくれたあの執事さんが、銀色の小さなトレーを手に持って立っている。トレーには封筒が二通のっていた。

「カエデ様。手紙が届きましたのでお持ちしました」

「手紙？　……ありがとうございます」

礼を言って手紙を受け取るとドアを閉める。

手紙？　私に手紙をくれるような知り合いなんていたっけ？　と不思議に思いながら封筒をひっくり返すと、ひとつには見慣れた字でフランツ・ハノーヴァーと書かれていた。

フランツからの手紙だ！　フランツだってさっき自分の家に戻ったばかりだろうに、早くない⁉

それはさらりとした手触りの見るからに高級そうな封筒で、表には「カエデ様」、裏にはフランツのサインとともに蝋《ろう》で封がされ、そこにフランツの家の紋章《もんしょう》がスタンプされている。

もう一通の封筒は差出人の名はなく、ただ蝋で封された上に豪奢《ごうしゃ》な紋章のスタンプがされていた。

でもこれ、どうやって封筒を開ければいいんだろうね。ハサミとかないし。

部屋の中を探してみると、窓際に置かれた机の中にペーパーナイフを見つけた。まずはフランツからの封筒にペーパーナイフを差し入れて何とか開けてみる。中には一枚の便せんが折り畳まれて入っていた。透かしの入った美しい便せんに、見慣れた彼の字が並んでいるのがなんだか不思議な感じ。

そこには、三日後に妹のリーレシアちゃんが住んでいる別荘に遊びに行くから一緒に行こう、迎えに行くよという内容が書かれていた。

新しい環境に早くもホームシックを感じ始めてしまっていた私は、前と変わらない彼の字が無《む》性《しょう》にうれしくて胸に手紙をあててぎゅっと抱く。

三日後かぁ。楽しみだな。リーレシアちゃんに会えるのも楽しみだけど、それよりなにより、フランツにまた会えるのが嬉しかった。

もう一通の方は王城からの手紙のようで、五日後にある西方騎士団の人たちを慰《い》労《ろう》するパーティの招待状だった。ということは西方騎士団の人たちはみんな参加するのかな。そこでまた他のみんなと会えるかも！　パーティ、しかも場所が王城というのに一抹《いちまつ》の不安もあるけど、きっとサブリナ様も参加されるだろうから一緒に行けば大丈夫よね。

落ち込みかけていた気持ちが、楽しみな予定ができたことですっかり持ち上がってきた。と同時に、きゅーっとお腹《なか》も鳴る。さっきまで食欲なんて全然感じなかったのに、元気になったらすっかりお腹もすいてきた。

そのとき、再びドアがノックされ「カエデ様。夕食の支度が整いました。ダイニングルームへご案内いたします」という声が聞こえる。

「はーい！」

返した声は、すっかりいつもの声だった。

＊　＊　＊　＊　＊

三日後の朝。

支度を済ませて、フランツが迎えに来てくれるのをソワソワしながら待っていると、部屋のドアがノックされた。

「ハノーヴァー伯爵家のフランツ様がいらっしゃいましたよ」

そう執事さんに言われて、私はサブリナ様からお借りしたハンドバッグを掴《つか》むと急いでホールへと向かう。

あまりに気持ちが急《せ》いていたからか、一階まで駆け下りたところで段を踏み外しそうになって、

「キャッ」

よろけたところを、大きな手で支えられた。

「大丈夫？　カエデは、木の根っこがなくても転ぶんだな」

聞き慣れた笑い声。支えてくれたのは、階段の下で待っていたフランツだった。

「た、たまたまだもん」

彼に会えるのが嬉しくて急ぎすぎただなんて、正直に言うのは恥ずかしくて。私は少しムスッとしたまま服を直すと、彼を見上げた。

でも、彼を見た瞬間、ムスッとしていたことなんて吹き飛んでしまう。

「え……フランツ？」

「ん？　どうしたの？」

首をかしげてこちらを見下ろす彼は、スーツのような見た目の仕立てのいいジャケットに、シミ一つない真っ白なシャツをスマートに着こなしていた。

高い背丈と引き締まった身体《からだ》にソレはとてもよく似合っている。さらさらとした金色の髪に翡翠《ひすい》

のような緑の瞳《ひとみ》でこちらを見てくる表情は見慣れているもののはずなのにどこか新鮮で、ついボーっと見惚《みと》れてしまった。

そっか、もう今は騎士団の仕事中じゃないから制服じゃないのね。そんな当たり前のことを忘れていた。

でも、待って。仕事中じゃないっていうことは、今はプライベート？　プライベートに二人でお出かけって、それってまるでデートみたいじゃない⁉　いまさらそんなことに気づいて胸のドキドキが強くなる。それを悟《さと》られないように俯《うつむ》き加減で首をゆるゆると振った。

「ううん。なんでもないの」

「そっか。じゃあ、馬車を待たせているから行こう」

彼は自然な動作で私の手を取ると、少し前を歩き始める。

それは女性の同伴者には誰にでもやる礼儀としてのエスコートのようだったけれど、そういった動作一つ一つが遠征中に知っていた彼よりも洗練されている気がしてドギマギしてしまう。

屋敷の車止めに止めてあった馬車は、見るからに豪華なものだった。黒地に金色の装飾が施されたデザインで、派手ではないけれど細部に至るまで細《こま》やかな細工がされている。そしてもちろん、馬車を引くのはラーゴによく似た金色のタテガミと尻尾《しっぽ》を持つ白馬二頭。本当に白馬が好きなおウチなのね。

御者の人が恭しく馬車のドアを開けてくれて、フランツに手を支えられ馬車に乗りこむ。内装も、とっても豪華でため息が出てしまう。

向かいにフランツが座ると、馬車は動き始めた。

「リーレシアは母親と一緒に別荘に住んでるんだ。ここからしばらくかかるから、ゆっくりしててよ」

「うん。わかったわ」

リーレシアちゃんのお母さんは、確かフランツとは血のつながっていない継母《まはは》さんなのよね。フランツは三人兄妹《きょうだい》で、彼だけが母親が違うと前に言っていたのを思い出す。

三日前に王城でチラッと見かけた感じではお父さんとは確執があるみたいだったけど、こうやって気軽に会いに行っているのを見ると継母さんとはそんなに仲が悪いわけじゃないのかな。それとも妹に会いに行くためとはいえ一人では行きづらいから私を呼んだのかな……そんなことをついグルグル考えてしまっていたけど、当のフランツはどこか懐《なつ》かしそうに窓の外を眺めていた。

馬車は王都の正門を抜けると森の中の街道を進んでいく。そのまま小一時間馬車に揺られていると、しばらくして片側の視界が開けてきた。窓からのぞくと、大きな湖が目に飛び込んでくる。湖面では真っ白い水鳥たちが気持ちよさそうに泳いでいた。湖畔《こはん》のあちらこちらに大きなお屋敷も見える。その湖に沿うのどかな道を馬車は辿《たど》っていった。

「てっきり王都の中にお屋敷があるのかと思ってたけど、こんな郊外に建ってるのね」

サブリナ様のお屋敷は王都の中の、王城に近いお屋敷街みたいなところにあった。だからてっきり、リーレシアちゃんの住む家もあの辺りにあるんだと思ってた。

「ああ。ここは王都から近いから、金持ち連中の別荘地になってるんだ。この辺りは王都の騎士団が頻繁《ひんぱん》に巡回してるから、魔物も出ないしね。うちの別荘は、あの赤い屋根の屋敷」

フランツが指さしたのは、湖畔に見えるお屋敷の中でもひと際大きなお屋敷だった。

お屋敷に着くと、すでに屋敷のメイドさんや執事さんたちが出迎えて待ってくれていた。フランツもこの別荘に来たのは遠征から帰ってきて初めてだったようで、「フランツ様、お帰りなさいませ」とみんなから歓迎されて、本人はくすぐったそうにしてたっけ。

彼は私を騎士団の同僚と言って紹介してくれたけれど、老執事長さんが「みなまでおっしゃらなくても、わかっております」的な温かい笑みで頷《うなず》いていた。

そして応接室みたいなところで軽くお茶とお菓子をいただいたあと、リーレシアちゃんと奥様は庭にいらっしゃると伺《うかが》ったので、私たちも庭に出てみることにした。

「ちょっと庭に行ってみよう」

ってフランツが言うから一緒について行ったけれど、庭という概念の違いをすぐに認識させられる。

お屋敷の裏に回ると、芝生《しばふ》がきれいに生《は》えそろった広場のようなお庭があって、その先にはキラキラと輝く湖面の水を豊富に湛《たた》えた湖。さらにその向こうには濃く深い緑の森と頭に白い雪をかぶった山々が見えた。これだけでももう、一枚の絵になりそう。

フランツのあとについて湖の方へと歩いていくと、湖の近くに白いテーブルセットが置かれているのが見えてきた。そこに白いレースの日傘《ひがさ》を差したご婦人と可愛らしいピンクのドレスに身を包んだ金髪の少女が午前のお茶を愉《たの》しんでいるのが目に入る。

女の子は私たちの姿に気づくと、「あ！」と声をあげてぴょんと椅子から降り、こちらへ走ってきた。

「リーレシア。はしたないですよ」

日傘のご婦人にそう窘《たしな》められても、

「だって。仕方ないんですもん！」

一度振り返ってご婦人にそう返すと再び走ってフランツのところまで駆け寄り、勢いをそのままに抱き着いた。

「フランツお兄様！　おかえりなさい！」

ふわふわとした金色の髪に、くるくるとした表情豊かな緑の瞳。

その子がフランツの妹、リーレシアちゃんだっていうことはすぐにわかった。

「ただいま。リーレシア。いい子にしてたか？」

フランツは笑顔でリーレシアちゃんを抱き上げると、たかいたかいをするように持ち上げる。

リーレシアちゃんも、きゃっきゃっと嬉しそうに足をばたつかせた。

「もちろんですわ、お兄様。リーレシア、お兄様のいいつけどおりお勉強もお稽古《けいこ》もちゃんと頑《がん》張《ば》ってきたんですのよ？」

そのままフランツはリーレシアちゃんをぎゅっと抱きしめると、宝物を置くようにそっと芝生に下ろした。そして、リーレシアちゃんのふわふわとした柔らかそうな髪を優しく撫《な》でる。

「そっか。偉かったな」

そこにご婦人もゆっくりと歩いて、こちらへやってきた。

フランツはスッと表情を戻すと、彼女に軽く頭を下げる。

「戻りました」

そう一言簡潔に伝えると、ご婦人は口元だけで小さく微笑んだ。フランツの継母である、ハノー

ヴァー伯爵夫人。彼女は年相応の年齢を重ねていらっしゃるけれど、リーレシアちゃんをそのままおとなにしたような人形のような儚《はかな》い美しさのある女性だった。

「おかえりなさい、フランツさん。お勤めご苦労様でした。それで、そちらのお嬢様は？」

「彼女は、西方騎士団の同僚のカエデです」

フランツの紹介にあわせて、私は片足を下げてドレスの裾《すそ》をつまみ軽く頭を下げて挨拶をする。

「カエデ・クボタと申します」

挨拶の仕方や手順は事前にフランツに教えてもらっていたから、ぎこちなくだったけどなんとかこなせた。貴族の世界にはいろいろと独自のルールがあって、それを守らないと失礼になってしまうんだとかで何かとややこしそう。

「彼女には遠征中にとてもお世話になったんです」

「そう。それは、ワタクシからもお礼を申し上げますわ」

「もったいないお言葉、ありがとうございます」

もう一度足を折って、丁寧《ていねい》に礼を述べる。いまのところ、失礼なことしてないよね？　大丈夫だよね？　ちらっとフランツに目で確認すると、うん、大丈夫、と彼が目で言っているような気がしてちょっと安心。

「そうだ。リーレシアがいい子にしてたご褒美《ほうび》と誕生日のお祝いにプレゼントがあるんだ」

そう言ってフランツがジャケットのポケットから取り出した小箱をリーレシアちゃんに渡す。彼女はわくわくと期待を込めた表情で、その箱を受け取った。

「開けてもいい？　お兄様」

「ああ、もちろんだよ」

箱を開けてブローチを見たリーレシアちゃんはパアッと顔を輝かせた。あの、アクラシオンの工房通りでフランツと一緒に選んだブローチ。フランツが箱からブローチを取り出して、

「もうだいぶ経っちゃったけど。お誕生日おめでとう、リーレシア」

と言って彼女の胸元へつけてあげると、彼女は嬉しそうに真っ白い頬《ほお》をほんのり紅潮させて奥様の傍へと駆けていく。

「お母様！　みてみて！　お兄様がくれたの！」

「あらあら。よく似合ってるわね、リーレシア」

リーレシアちゃんは得意げに、その場でくるっと回って見せて、にっこりと笑う。そうやって笑っている顔はフランツにそっくり。やっぱり腹違いといっても、兄妹なのね。フランツはというと、嬉しそうにはしゃぐリーレシアちゃんを目を細めて愛《いと》しそうに見ていた。

その脇腹《わきばら》をつんつんと突っついてみる。

「ん？」

「喜んでくれて、よかったね」

小声でそう言うと、彼は嬉しそうに、

「カエデのおかげだよ。良いもの選べたのも、お小遣い帳でちゃんとお金をとっておけたのも」

と、私の目を見て優しく微笑んだ。

「ほんとに、ありがとうな」

「う、うん。お役に立てて良かった」

イケメンの笑顔の破壊力に、つい鼓動が速くなる。ずっと見ていたいのに、なんだか気恥ずかしくて目を逸らしてしまった。

と、そこにリーレシアちゃんがやってきて、私とフランツの手を握った。

「フランツお兄様、カエデお姉様！　遠征中のお話を聞かせて！　リーレシア、お話聞きたくてずっとうずうずしてたの！」

「ハハ、わかったよ」

それから、お庭に出してあるテーブルでメイドさんが淹《い》れてくださったお茶をいただきながら、フランツはリーレシアちゃんに遠征の話を聞かせてあげていた。私も混ざりながら、懐かしい話に花を咲かせる。

最後にリーレシアちゃんが夢見心地にため息をつきながら、

「リーレシアもやっぱり騎士団に入りたいなぁ」

なんて言うものだから、フランツはギョッとした顔をして「危ないこともあるから」ってあたふたしていたっけ。私と奥様は、そんな二人を微笑ましく笑いながら見ていたんだ。そうして、湖畔の時間はゆっくりと穏やかに過ぎていった。

そうそう。ランチも一緒にいただいたんだけど、さすが伯爵家の料理人さんによるものだけあって、とても美味《おい》しいの。とくにパンはフワフワで、小麦の香りとほのかな甘味があって一口で好きになっちゃった。

＊　＊　＊　＊　＊

そして二日後の夕方。

王城で行われる西方騎士団の慰労パーティに参加するために、私はサブリナ様の娘さんからお借りしたドレスを着こむと、サブリナ様と二人で馬車に乗って王城へと向かった。

なんでも、貴族のお嬢様たちは十六歳くらいから社交界にデビューして社交の場に慣れていくんだって。私はパーティなんて、婚活パーティと会社の新年パーティくらいしか行ったことないし、それですら緊張したのに王城でいったいどうふるまえばいいんだろう。考えれば考えるほど不安が積もってきて、緊張が高まってしまう。

きっと華《はな》やかなことが好きな女性だったら、こういうとき嬉しくてたまらないんだろうな。あいにく私は華やかなことに縁のない人生を送ってきたので、王城が近づくにつれて気分も重くなる。いますぐおウチに帰りたくなってきていた。……おなか痛くなりそう。

そんなドナドナした気持ちを少しでも紛《まぎ》らわそうと窓の外の景色を眺めていたら、向かいに座っていたサブリナ様が突然お立ちになった。どうしたんですか？　とびっくりしていると、彼女は揺れる馬車の中にもかかわらず私の隣に来るとストンと腰を下ろす。

そして、膝《ひざ》の上で固く握っていた私の手を、そのあたたかな手で包んでくれた。

「緊張しているのね。無理もないわ、知らない場所ですものね」

ぎこちなく頷くと、サブリナ様はいつもと変わらずコロコロと優《やさ》しげに笑う。

「私も初めて社交界にデビューしたときは、そうだったわ。でも、今回のパーティは懐かしい顔もたくさん来るから、そんな緊張もきっとすぐに吹き飛んでしまうわよ」

「……はい」

そう言って頷くと、サブリナ様もにこりと笑顔を返してくださる。そのあとも、馬車が王城に着くまでずっと手を握っていてくれて、ああ、そうだ、私はずっとこの手のあたたかさに癒され励まされ続けてきたんだということを、改めて思い出していた。

王城の大広場に着いてみると、車寄せの順番を待つ馬車が列をなしていた。私たちの番が来て馬車を降りると、すぐに案内の人がやってくる。その人に付き添われて城の奥にある大理石でできた広い階段を上っていくと、上った先には大きな扉があった。いまはその扉は開かれていて、その向こうは光で満たされている。華やかな音楽とともに人々の談笑する声がわぁんと反響して聞こえてきた。

その扉の前には両脇に立つ警備の人の姿の他に、もう一つ人影があった。

その人影は私たちに気づくと、親しげに声をかけてくる。

「よぉ。ちゃんと身体を休められたか?」

いつもの調子の、いつもの声。ゲルハルト団長だった。ただ服装がいつもと違う。騎士団のあの青いシャツの制服ではなく、今日は軍服のようなキチッとした服装をしている。これは騎士団の儀礼用の正装のようだった。

団長はここで、来る団員来る団員に挨拶しているらしい。

「ええ。ゲルハルトもお元気そうね」

「ああ。久しぶりに家族とも会えたしな。みんなも二人を待ってたぞ」

一歩中に足を踏み入ると、華やかな景色が目に飛び込んできた。

高い天井にはいくつもシャンデリアが下がり、室内は光に満たされていてとても明るい。

学校の体育館二個分くらいありそうな広さのホールには、赤くふかふかした絨毯《じゅうたん》が敷かれ、壁や柱には金箔《きんぱく》をふんだんに使った豪華な装飾がほどこされている。天井には大きなフレスコ画。そしてホールには、華やかに着飾った紳士《しんし》淑女《しゅくじょ》がたくさん！

入り口ですでに気後《きおく》れして立ち止まってしまっていると、団長が後ろからこそっと指さして教えてくれた。

「ほら。フランツはあっちの方にいたぞ」

そちらに視線を向けると、ほんとだ！　彼の方も私に気づいてこちらにやってくるところだった。

思わず手を振りそうになったけど、いけないいけない。ここじゃもっと淑女っぽくしなきゃ。

一応、足を軽く下げて淑女の挨拶をすると、フランツも私の前で胸に手を当てて軽く腰を折る。

顔を上げると、二人の間に自然と笑みがこぼれた。

「カエデ、二日ぶりだね。サブリナ様もお久しぶりです」

「ええ。フランツ。あなたも元気そうね」

サブリナ様はそう答えたあと、

「じゃあ、またあとでね。楽しんでらっしゃいな」

私に小声でそう言うと、小さくウィンクして人込みの中へ消えていった。

「カエデ。あっちにクロードたちもいるから行こう」

フランツがすっと私の前に腕を差し出してくれる。

「前みたいに迷子になったら困るだろ？」

冗談ぽく言う彼の言葉に、

「そうしたら、またフランツが探しに来てくれるんでしょう？」

「そりゃ、もちろん」

胸を張って言う様子がおかしくて、くすりと笑いが漏《も》れた。彼と話していると、さっきまであんなに緊張していたのが嘘《うそ》のように溶けていく。

フランツも、今日は団長と同じ騎士団の儀礼用の正装を身にまとっていて、それがとてもよく似合っていた。

彼の腕をつかむと、そのままエスコートされて会場の奥の方まで歩いていく。その途中、なんだか妙に視線を感じたんだ。あっちにいるお嬢さんたちも、そっちにいるご婦人方も私たちを見ているよう。でも、フランツが気にした様子もなく歩いていくので、私も気にしないことにした。

奥のテーブルではクロードとテオ、それにアキちゃんが飲み物片手に談笑していた。

まだ騎士団の遠征隊が解散してから五日しか経っていないのに、なんだかもっとずっと月日が経ってしまったような気がして、彼らを見ると胸が熱くなってしまう。

「あ、カエデ様！」

テオの声に、クロードたちの視線がこちらに集まった。

「わぁ！　カエデ様の今日のドレス、すごく素敵です！」

アキちゃんが私のドレスを見て目を輝かせる。そっか、アキちゃんは騎士団の従騎士として参加しているからドレスは着ないんだね。

「アキちゃんの、その正装もすごく素敵よ。かわいくて、かっこいいもの」

うん、ほんと。男女同じ制服を着ているからか、アキちゃんもテオも中性っぽさが増して凛々《りり》しさが引き立ってるもの。

フランツがすぐに、テーブルの上のグラスをとって渡してくれる。黄金色の少し泡のある飲み物。シャンパンかな。

「みんな、ここにいたのね」

「一人でいると囲まれて大変だからな。必要最小限の挨拶を済ませたら、私はなるべく人目につかないところでこっそり飲んでいたい」

と、クロード。その気持ちはすごくよくわかる。私もそうだもん。

「まぁ、どのみち囲まれるんだけどね」

フランツは同じ飲み物を手に取ると、露骨《ろこつ》にため息をついた。

「私はともかく、お前が社交界に慣れなくてどうするんだよ」

「だって、一度捕まるとなかなか離してくれないだろ？　会話も気を使うしさ」

フランツの表情を見ていると、本気で苦手《にがて》に感じているようだった。

「そんなに囲まれちゃうの？」

私が素朴《そぼく》な疑問を口にすると、クロードは同情するような目をフランツに向けた。

「騎士団っていうだけでも社交界では人気があるんだ。そのうえコイツは騎士団の花形である切込み役の前衛だし、今回もかなり武勲《ぶくん》をあげてるからな。さらに、貴族の中でも資産も勢いもあるハノーヴァー伯爵家の子息で未婚とくれば、お嬢さん方は放っておかないし、野心家たちは群がってくる」

そのクロードの言葉で、さっきの視線の意味に思い当たる。

そっか、それでか！　さっきから、なんかチラチラと視線を感じるなと思ったら、フランツを見てたのか！　視線の意味を理解して、うんうんと心の中で頷いた。

フランツ、どこから見ても素敵だもの。見惚れちゃう気持ちもよくわかる。

「俺《おれ》、野心とかないのにな。全然」

当のフランツはうんざりしたようにさらに深いため息をついた。

フランツ、そもそも貴族でいること自体あまり好きじゃなさそうだもんね。そのことは私やクロードみたいに親しい人は知っているけれど、他の人たちはそうは思わないのだろう。

「まぁ、既婚者になれば少なくともお嬢さん方は寄ってこなくなるだろうがな」

クロードがそんなことを言い出すので、フランツは一瞬ぎくりとした様子で私を見たあと、

「俺だって結婚したくないわけじゃないよ。……いろいろ考えてはいるけど、クリアしなきゃいけない課題も多いから。……これから頑張る」

決意を固めたように小さく拳を握る。そんなフランツに、クロードはクスリと声を漏らした。

「ああ、頑張れよ」

でも私は、二人の会話に出てきた言葉のインパクトに内心ドキドキしていた。そ、そうだよね。

フランツももう二十五歳だもんね。そういう話も出てきておかしくない年ごろよね……。

そのとき、ざわざわとしていた会場の空気が水を打ったようにサッと静かになった。

みんなの視線の先に目を向けると、ホールの最奥。そこに設《しつら》えられていたひな壇の上には、ひときわ立派な椅子が二脚置かれている。

いま、その椅子の前に一組の老夫婦が立った。老紳士は金の冠《かんむり》を、老淑女は銀のティアラを身に着けている。紛れもなく、この国の王様と王妃様だ。

誰が合図したわけでもないのに、会場にいた人たちは一斉に最敬礼で彼らを迎えた。男性は胸に右手を当てて片膝立ちになり頭を下げる。女性も深く身をかがめると、男性と同じように胸に手を当てて頭を下げげた。私もワンテンポ遅れながらも、慌ててみんなの真似をする。

王様はそれを満足げに見回したあと、軽く手をあげた。それを合図にみんなは顔をあげて姿勢を戻す。

「みな、よく集まってくれた。今日は西方騎士団の無事なる帰還を祝い、その偉功を称《たた》える場だ。どうか堅苦しくならず、くつろいでいただきたい。西方騎士団はゲルハルト・シュルツスタイン侯《こう》爵《しゃく》を筆頭に数限りない武功を重ね、王国の平穏と安寧《あんねい》に多大なる貢献をしてきた。その比類なき成果に祝杯をささげようではないか」

その言葉を合図に、みんな一斉に王様に向けてグラスを掲げ、慰労パーティは始まった。

王様のあとに続いて王妃様や重鎮《じゅうちん》の方々のお言葉があり、それが終わると今度は今回の遠征で功績のあった人が一人ずつ王様の前に呼ばれて勲章を授かっていく。

もちろん、フランツも呼ばれていたよ。アンデッド・ドラゴンに止《とど》めを刺したことや、キングビッグ・ボーを倒したこと。それ以外にも彼の功績は数多い。それだけの活躍をしたのだから賞賛されるのは当然のことだと彼を誇らしく思う反面、こうやって改めて彼の功績が読み上げられるのを聞いていると、自分とはかけ離れたすごい人のようにも思えてくる。王様の前で跪《ひざまず》く彼の背中が、とても遠くに思えた。

でも、王様の元から下がって私のところへ戻ってきたフランツは、胸につけた勲章を嬉しそうに見せてくれて、ああ、こういうところはやっぱりフランツだなぁと微笑ましくなったりもする。

団長から始まり、他の騎士さんたち、そしてバッケンさんやサブリナ様も王様の前に呼ばれて勲章を授かっていた。

これでもう西方騎士団で目覚ましい活躍をした人はみんな呼ばれたんじゃないかな。そろそろ式典も終わりかしらと気を抜いた瞬間だった。

「最後に、騎士団の正式な団員ではないにもかかわらず、大いなる貢献をした人物をここにお呼びしたい」

司会をしていた大臣がそう告げると、ざわざわとざわめきが起こる。

一呼吸あって、大臣が凛《りん》とした声で一つの名前を呼びあげた。

「カエデ・クボタ」

……え？　カエデって……わ、私っ⁉

さっと会場にいた全員の視線がこちらに集まるのがわかって、心臓が一気に跳《は》ね上がった。

「は、はいっ」

上擦《うわず》った声で返事をすると、隣にいたフランツが小さく声をかけてくれる。

「大丈夫だよ。いつもどおりにしてればいいから」

「う、うんっ」

彼が声をかけてくれたおかげで、詰まりそうだった息が少し楽になった。

私は彼に一つ頷くと、王様の前へと一歩一歩歩いて行った。

ひな壇の前まで来ると、先ほど見たサブリナ様のしぐさをまねて片足を引き、腰を落として右腕を胸の前に当て、深く頭を下げた。

「おもてをあげよ」

王様の許しを得て、顔をあげる。間近で見た王様は、白く立派な髭《ひげ》を蓄えていて優しげに微笑んでいらした。

「カエデ・クボタ。この度《たび》の遠征での其方《そなた》の活躍は、シュルツスタイン侯爵から聞いておる。アンデッド・ドラゴン討伐《とうばつ》の際、騎士団の危機を救ったのは其方の働きによるものだったと聞く。西辺境から感謝の手紙も届いておる。その他にも、多くの改革を団にもたらし、西方騎士団をより強靭《きょうじん》なものへと見事に生まれ変わらせてくれた。そのことに、まずは王国を代表して礼を言いたい」

「も、もったいないお言葉、ありがとうございます」

緊張してしまって、何とかそれだけ口にして頭を下げるので精いっぱいだった。

そんな私の様子に、王様はさらに微笑みを深くする。

「其方の功績にどう報《むく》いようかと、余《よ》も考えた。勲章もいいが、それだけではと思ってな」

王様がちらとひな壇の隅に目をやると、そこに金のトレーを手に持った男性が控えていた。彼は私のところまでやってくると、片膝をつく。そのトレーの上には勲章と、それからもう一つ。長細い宝石箱のようなものが載っていた。

「さあ、その箱を手に取って開けてみなさい」

私がその箱を手に取ると、男性は勲章を私の胸元につけてくれた。そして、頭を下げるとまた会場の隅へと戻っていく。

受け取った箱を開けてみると、中には一本の透明なペンが入っていた。ガラスペンというものに似ている。ペン先が緩やかに捻《ねじ》れていて、持ち手の部分には美しい装飾が施されていた。全体的にうっすらと青みがかっていて、よく見ると中にキラキラと小さく星のような輝きがある。ずっと見ていたくなるような、美しいペンだった。

「これは……」

驚いて顔をあげると、王様は右手のひらを私の方に向ける。

「それを其方に授けよう。それは我が王立工房がつくりだした、ガラスに魔石《ませき》を混ぜ込んだ魔石ペンだ。ガラスよりも遥《はる》かに丈夫で、多くのインクをペン先に含むことができる。其方にはこれからもその知識を活《い》かして、西方騎士団のため、そして王国のために働いてほしいのだ」

え……西方騎士団のため……？

私は騎士団の正式なメンバーではないはずなのに。もう王都に着いた以上、西方騎士団との関係は切れてしまうのだと思っていた。

内心戸惑《とまど》う私に、王様はこちらの目を優しく見つめながら尋ねてくる。

「どうだ。これからも我らのために其方の力を貸してはもらえぬか？」

力を貸してほしい。それは、これからも西方騎士団で働いてほしいということを意味していた。

じゃあ、次の遠征に私も参加していいの⁉

そう思ったら、口をついてすぐに言葉が出ていた。

「は、はいっ！　もちろんです！　お役に立てるのならば、どこへでも！」

私の返事に王様は、

「その言葉。確かに受け取った」

にっこりと満足げに微笑むと、手を広げて会場全体に響き渡る声で告げた。

「ここに、カエデ・クボタを西方騎士団の金庫番として任命する！」

その声に呼応するように、わぁっと歓声と拍手が巻き起こった。

ふわふわと信じられない気持ちだった。王様の言葉が何度も、頭の中で繰り返される。

私は「ありがとうございます」とだけなんとか伝えると、もう一度深く頭をさげて王様の前から下がる。フランツたちのもとに戻っていく途中。

ゲルハルト団長や他の団員さんたち、それにバッケンさんたちや、アキちゃん、テオにクロード。サブリナ様やレイン。そして、会場の人たち。みんなが、拍手をして迎えてくれた。少し恥ずかしくなって小走りでフランツの元へ戻ると、彼も笑顔で迎えてくれる。

「おめでとう。これで、来年も一緒に遠征できるな」

「うんっ」

賜《たまわ》ったばかりの小箱を胸に抱くと、笑顔がこぼれる。

「次の遠征も賑《にぎ》やかになりそうだ」

と、クロードもわずかに口の端をあげた。

「また、いろんなお料理教えてください。よろしくお願いします！」

「カエデ様と次の遠征もご一緒できるの、うれしいです！」

テオとアキちゃんもそう言って顔を綻《ほころ》ばせた。

これからもみんなと、そしてフランツやサブリナ様と、一緒に働けることがうれしくてたまらない。

「よし、カエデ。三日後から王城勤務だからな！」

早速そんな言葉をかけてきた団長に、すかさずサブリナ様が、

「あら。カエデは救護班の一員でもあったことをお忘れにならないでくださいね？」

なんておっしゃるし、クロードも、

「調理班もカエデがいなくなってしまっては困りますね」

なんて言うものだから団長は弱ったように、

「そこらへんの業務分担は追々《おいおい》にだな。正直、次の遠征のことはまだ何も考えてなくて」

と頭を掻いた。そのいつもの調子に周りから笑いが起こる。

私の中についさっきまで重石《おもし》のようにあった、もうしばらくみんなとは会えないかもしれないっていう寂しさがすっかり消えて、大好きなこの西方騎士団のみんなとまたいろんな地を巡れることを楽しみにする気持ちがもう膨《ふく》らみ始めていた。

「これからも、よろしくお願いします！」

胸いっぱいの気持ちを吐き出すようにペコリと頭をさげて、顔を上げるとみんなの温かい笑顔がそこにあった。

「さぁ！　堅苦しい式典はもう終わりだ。腹いっぱい食おうぜ」

団長の言葉どおり次々と料理が運ばれてきて、テーブルは見たこともないような美味《おい》しそうな料

理でいっぱいになった。

そして、パーティが始まると私はあっという間にたくさんの人に囲まれてしまった。

しかもその多くは、若いお嬢さんたち。

え？　え？　どういうこと？　なんで私の周りに集まってくるの？

戸惑う私に、お嬢さんたちは興味津々《しんしん》といった様子で矢継《やつ》ぎ早《ばや》に言葉を投げかけてくる。

「この黒い髪に黒い瞳。ああ、黒水晶のようでなんて素敵なんでしょう」

「ウィンブルドの森に突如《とつじょ》現れた、黒髪の乙女《おとめ》。ずっとお会いできるのを楽しみにしてたんですのよ」

「カエデさまのご活躍に、何度胸を躍《おど》らせたことか！」

「同じ女性として、とても誇らしくて。憧《あこが》れております」

口々に投げかけられる言葉は、どれも好意的なものばかり。

どうやら前にサブリナ様がおっしゃっていたように、騎士団の活躍は王国施政の広報活動の一環として、積極的に歌にされたり街の掲示板に記事が張られたりして国中に広められているみたい。

とくにこの王都は情報が早くて、貴族の人たちの間では新聞のような形ですぐに出回っているんだって。だからそれを彼女たちは楽しみに読んでいたみたい。

そこでようやく気づく。会場に入ったときに感じていた視線。あれは、フランツに向けられたものだとばかり思っていたけど、どうやら私に向けられたものでもあったみたい。

まさかそんなふうに注目されていただなんて想像もしていなかったから、もうただ驚くばかりだった。

お嬢さんたちの質問に答えられる範囲で返して、少し疲れたなと思ったころ。

突然私を囲んでいたお嬢さんたちがモーゼの奇跡のように二つに割れた。どうしたんだろう？とそちらに目をやると、一人の背の高い男性がこちらに近寄ってくるところだった。金色の髪に、エメラルドのような美しい緑色の瞳をした男性は、フランツだ。

彼はさっと私の傍まで来ると、周りを取り囲むお嬢さんたちに穏やかに言う。

「そろそろカエデを返してもらってもいいかな。彼女はこういう場は初めてだから、少し休ませてあげたいんだ」

お嬢さんたちはフランツを見たとたん、キャーッと黄色い声をあげた。目がもう、ハート型になりそうな勢いで彼のことを熱っぽく見つめている子もいる。うん、気持ちはわかる。どこからどう見ても、王子様みたいでかっこいいものね。

フランツは私の手を取ると、お嬢様たちの囲みから私を連れ出してくれた。

そしてあまり人がいないところまで連れてきてくれると、近くにいた給仕係から飲み物のグラスを受け取って私に渡してくれる。

「どうぞ。ずっとしゃべってると喉渇《のどかわ》くだろ？」

「ありがとう」

一口こくりと飲むと、冷たい飲み物がするっと喉を滑り落ちる。アルコールは控えめで、搾《しぼ》った果汁で割ったものだった。一口飲んで、自分の喉がカラカラだったことを初めて自覚する。ついそのままごくごくと飲み干してしまった。

「ふわっ……美味しい」

「もう一杯飲む？」

「うんっ」

フランツは快《こころよ》く、もう一つ同じ飲み物のグラスを持ってきてくれた。

「料理も食べた？」

グラスを受け取って、ゆるゆると首を横に振る。

「ううん。少しだけ食べたけど、ひっきりなしに人に囲まれちゃって」

「そうだろうと思った。これとか、美味しいよ」

そう言うと、彼はテーブルから皿に何種類か料理を取り分けて渡してくれる。

「ありがとう。ごめんね、いろいろしてもらっちゃって」

「いいのいいの。こういう場ではそういうものだから。それに、俺も囲まれるの好きじゃないから、本当のこと言うと、カエデを誘うのを口実にして抜け出してきたんだ」

フランツは笑って、テーブルの真ん中に置かれたフルーツ盛りからイチゴのような果物を手に取るとパクっと口に入れる。

フランツが傍にいてくれると、急に緊張が和《やわ》らいできて、ホッと肩の力が抜けるようだった。遠征中も、毎日のようにこうやって一緒にご飯を食べたよね。

いまは森の中でも、馬車の上でもなく、きらびやかな王城の中なのに。彼が傍にいてくれるだけで、大焚《たび》き火の前に二人で座ってシチューを啜《すす》っていたときのような、くつろいだ気持ちになれる。

彼がおすすめだと言っていた料理をフォークで口に運ぶと、うん、確かにこれは美味しい。いままで何を食べても味なんて感じられなかったけど、ここに来て初めてしっかりと味わうことができた。

そうやってひとしきりお腹が満たせたら、今度は身体が熱くなってきた。さっき口にしたアルコールが回ってきたのかも。疲れているからかいつもよりアルコールが回るのが早い気がする。なにげなく、手で首元を扇いでいると。

「やっぱ、こんだけ人がいると暑いよなぁ」

フランツも襟元《えりもと》を緩《ゆる》めたそうにしている。

「夏、だもんね」

「もう少しして秋が深まってくると、ぐっと涼しくなるんだけどな。そうだ。ここ、たしかテラスがあったはず。ちょうど今日は月も出てるし、ちょっと涼みに行ってみようか」

え、出ちゃってもいいものなの？　よくわからず迷っていると、フランツが私の手を引く。

「行こう。ちょっとくらいなら、いなくなったって平気だって」

そういうものなの？　よくわからないまま、彼が歩き出したのでついていった。

「わぁ。涼しい！」

会場の脇にあるドアから外に出ると、広いテラスがあった。

城外から吹き付けるさわやかな夜風が心地いい。

満月の光で辺りはほんのりと明るさがあるし、テラスのあちこちには篝火《かがりび》も焚かれているから歩くのに支障はなかった。

テラスの向こう側に広がる景色に惹《ひ》かれて、石造りの柵《さく》のところまで歩いて行く。

「うわぁ」

そこから城下の景色が見渡せた。すぐ下に王城を取り巻く庭があって、衛兵さんたちが行きかう壁のさらに向こう側には王都の街の明かりが広がっている。城の後方には王城の傍に立つ搭のシルエットも見えていた。

きっと昼間なら、もっとよく城下の景色が見えるんだろうな。

そのとき、下から「メェェェェ」という音が夜風に乗って耳を掠《かす》める。

「ん？」

どこかで聞いた声。どこから聞こえたんだろう。

柵から少し身を乗り出してテラスの下を覗《のぞ》くと、庭の左手に小さな家畜小屋があって、その前に飼い葉の山が積まれていた。その山の上に小さな生き物がちょこんと乗っかり、飼い葉を食べているのが見える。篝火の薄赤い光の中で毛色まではよくわからなかったけど、あのシルエットは見覚えがあった。

「あれ。モモじゃない？」

「え。どこ？」

私が指さすと、フランツも柵から身を乗り出して庭に目をやる。

「あ、ほんとだ。おーい。モモー！」

フランツが声をかけると、仔羊《こひつじ》はキョロキョロと辺りを見回した後、上に首をもたげてようやく私たちの姿を見つけたようだった。そして、メェェェェともう一声鳴くと、再び頭を下げてもっしゃもっしゃと飼い葉を食べ始める。

あの食いっぷりは、やっぱりモモだ。

「モモ、こんなところにいたのね」

「ああ、王城が買い取って、その代金も併《あわ》せて復興資金としてバロメッツの被害にあったところに渡すって聞いたよ」

フランツの髪を、下から吹いてくる爽《さわ》やかな風が揺らした。

「そっか。ミュレ村にも、きっと届くよね」

少しでも復興の足しになってくれるといいなぁ。

私もこれからは王城に毎日通うことになるだろうから、またモモにも会いに来れるね。

風になびく髪をかき上げて耳にかけると、腕にしていたブレスレットがシャラリと軽《かろ》やかな音を立てる。ああ、この音。どこかで聞いたことがある音だと思ったら、硝子草《がらすそう》の奏でる音に似ているんだ。

顔を上げると、ここから一望できる王都の夜景に再び目を奪われる。東京のような華やかさはないけれど、どこか温かみのある淡《あわ》い明かりの海。

しばしの沈黙のあと、先に口を開いたのはフランツだった。

「それ、つけてくれてるんだな」

「え？」

彼に視線を戻すと、フランツははにかむような目で私の左手首にあるブレスレットを眺めていた。

私はそっとそのブレスレットを右手で包み込むように触れる。シャラリとした感触。もうすっかり手に馴染《なじ》んでいて、自然と顔が綻ぶ。

「当たり前じゃない。私の大切な宝物だもの。これをつけてると、離れていてもフランツのことを傍に感じられる気がするの」

二人だけでいるせいか、いつもなら言わないようなことまでするっと口をついて出てしまう。

「俺もさ。持ってるよ」

フランツはそう言うと、自分のズボンのポケットから何かを取り出した。彼が手のひらに載せて見せてくれたのは、私が前にあげた硝子草のポプリだった。風がふわりと硝子草の香りを辺りに漂わせる。

「まだ持っててくれたんだね」

「当たり前だろ。俺の大切な宝物なんだから」

お互い、同じセリフ。同じ気持ち。どちらからともなく笑みがこぼれて、二人で笑いあった。

「同じだね」

「ハハ、ほんとだ」

ひとしきり笑ったあとだった。

「幸運の羊、か……。俺にも力を貸してくれるかな」

ぽつりとフランツがそんなことを呟《つぶや》いてモモの方をちらりと見る。え？　何のこと？　と思ったけれど、それを尋ねる前にフランツがこちらに顔を戻した。その表情がスッと引き締まる。

「カエデ」

私の名前を呼ぶその声が、いつになく真剣な響きを帯びていた。とたんに心臓が、トクンと大きく波打つ。

「なあに？」

どうしたんだろう？　さっきまでと雰囲気《ふんいき》の変わった彼に、私は少し戸惑いながら彼の言葉を待った。

フランツは手のひらのポプリをじっと見つめた。

「本当はさ。これもらったときに、言おうと思ったんだ。結局、勇気が出なくて言えなかったけど……でも、いつまでも自分の気持ちを誤魔化《ごまか》すのは、もうやめなきゃな」

そう言うと、フランツはそっと私の右手をとると静かに私を見つめてくる。

その翡翠色の瞳から目を離せず引き込まれるように見惚《みと》れていたら、彼は腰を落として片膝《かたひざ》を地面につけると私を見上げた。

そして、どこか緊張した面持《おもも》ちで小さく笑んだあと。

「カエデのことが好きだ。何百本の硝子草を束ねても伝えきれないくらい、キミのことが好きなんだ」

真摯《しんし》に告げられた言葉。

息ができなくなりそうだった。私は、ぱくぱくと口を動かすだけで何も答えられない。心臓が早鐘《はやがね》のよう。じわっと目に涙がたまって、溢《あふ》れそうになる感情を押し止《とど》めるので精一杯だった。

でも、答えなきゃ。彼は私の返事を待っている。

何て答えるの？

そんなの決まってる。

私は触れている彼の手をぎゅっと握り返した。

こくんとうなずくと一粒涙が頬を伝って、そのまま精一杯微笑んだ。たぶん、うまく笑えてない。

どういう顔をしていいのかわからない。でも、

「私も、フランツのことが好き」

精一杯、心からの言葉で返した。

とたんに、彼は感極《きわ》まったように立ちあがると私を抱きしめる。

私も彼の背中に手を回した。彼の背中はとても大きくて、とても温かい。

彼の鼓動がすごく近くに感じられて、ただもう彼のすべてが愛《いと》おしかった。

と、そのとき。

突然、パーンという音が頭上に響いたから、びっくりして彼の身体にしがみついてしまう。

「きゃっ。な、なにっ⁉」

「ああ、花火だよ。こういうパーティのときは、よく打ち上げるんだ。ほらあそこ」

フランツが指さしたのは王城の両側に立つ塔の最上階。そのときまた、パンパーンという音とともに頭上で赤や青の光が弾《はじ》けた。でもそれは私がよく知っている花火とは違っていて、二つの塔を中心にまるで王城全体を包み込むように色とりどりな光の波紋が広がる。

「これ、アクラシオンで見た工房通りの魔石の光と同じ原理だよ。あれをもっと大きくしたやつ」

「あ、なるほど！」

アクラシオンの工房では職人さんたちが魔石を加工するたびに鮮やかないろんな色の光が店の外まで広がって幻想的だったっけ。あの技術を応用して、こうやって花火のようにしているみたい。

その幻想的な光に包まれ、彼と見つめあう。

そしてゆっくりと唇《くちびる》を重ねあった。

顔を離すと、急に照れ臭くなって、お互い笑みを交わしあう。

こうして触れているだけでも今まで以上に彼を近くに感じられた。

いつまでも二人きりでこうしていたかった。だけど、

「そろそろ戻んなきゃ、ダメかな」

フランツが小さくため息交じりに呟いた。考えてみたら、テラスに出てからもう結構な時間が経っているものね。一緒にいるとつい時間を忘れてしまうけれど、心配して探されていたら大変。

「うん、そうだね。戻ろうか」

「行こう」

差し出された彼の手に自分の手を重ねて、握り合う。

彼と並んで歩きながら、これからもずっとこうやって彼と一緒に歩いていけたらいいなって、そんなことを思っていた。

思えば、彼にウィンブルドの森でお姫様だっこされてからというもの、ずっと一緒にここまで来たんだものね。

フランツとなら、これからもどこへだって行ける気がする。

数日後には、王城での新しい仕事も始まるはず。不安もあるけれど、それ以上にこれから始まる新しい生活と、そして私たちのこれからに胸が高まるのを抑えられなかった。

登場人物ラフ画

クロード

カエデ

フランツ

アキ

テオ

レイン

サブリナ

冒険者の服、作ります！

～異世界ではじめるデザイナー生活～

著：甘《あま》沢《さわ》林《りん》檎《ご》　イラスト：ゆき哉《かな》

デザイナーを目指しながらアパレルでアルバイトに励む糸井美奈は、ついに憧れのデザイナー職への就職が決まった矢先、異世界に転移してしまう。転移先で困っているところを助けてくれた新人冒険者マリウスにお礼として服を作ってあげることにすると、美奈の作った服に魔法効果が付与されることがわかり、たちまち冒険者から注文が殺到し大変！

「私は普段着やドレスが作りたいのに！！」

一方、美奈の評判が高まると色々な人からアドバイスを得られて楽しい異世界生活に♪

読むと元気が出るファッションデザイナー美奈の、服作り異世界ファンタジー、OPEN！

ようこそ、癒しのモフカフェへ！
〜マスターは転生した召喚師〜

著：紫《し》水《みず》ゆきこ　イラスト：こよいみつき

転生者のシャルロットは、召喚師の素質を認められて王都に進学する。自身が育った養護院修繕のため、宮廷召喚師になるために学んでいたが、とあるトラブルによってその道が閉ざされてしまう……。

養護院のため、何よりも自らの生活のために、前世で培った薬草茶作りと料理の特技をいかして、王国に存在しなかった王都で初めての喫茶店を開くことになって——？

「アリス喫茶店、本日より営業いたします！」

従業員は精霊女王とオオネコとケルベロス!?

癒しの動物たちと美味しいカフェメニューが盛りだくさんのもふもふファンタジー開店！

アリアンローズ 既刊好評発売中!!

最新刊行作品

まきこまれ料理番の異世界ごはん ①～②
著／朝霧あさき　イラスト／くにみつ

おてんば辺境伯令嬢は、王太子殿下の妃に選ばれてしまったようです
著／しきみ彰　イラスト／村上ゆいち

異世界温泉であったかどんぶりごはん ①～②
著／渡里あずま　イラスト／くろでこ

薬草茶を作ります～お腹がすいたらスープもどうぞ～ ①～②
著／遊森謡子　イラスト／漣ミサ

見習い錬金術師はパンを焼く ①～②
～のんびり採取と森の工房生活～
著／織部ソマリ　イラスト／hi8mugi

どうも、悪役にされた令嬢ですけれど ①
著／佐槻奏多　イラスト／八美☆わん

脇役令嬢に転生しましたがシナリオ通りにはいかせません!
著／柏てん　イラスト／朝日川日和

騎士団の金庫番 ①～②
～元経理OLの私、騎士団のお財布を握ることになりました～
著／飛野猶　イラスト／風ことら

ようこそ、癒しのモフカフェへ! ①
～マスターは転生した召喚師～
著／紫水ゆきこ　イラスト／こよいみつき

コミカライズ作品

悪役令嬢後宮物語 全8巻
著／涼風　イラスト／鈴ノ助

誰かこの状況を説明してください! ①～⑨
著／徒然花　イラスト／萩原 凛

魔導師は平凡を望む ①～㉕
著／広瀬 煉　イラスト／⑪

観賞対象から告白されました。 全3巻
著／沙川 蜃　イラスト／芦澤キョウカ

ヤンデレ系乙女ゲーの世界に転生してしまったようです 全4巻
著／花木もみじ　イラスト／シキユリ

転生王女は今日も旗を叩き折る ①～⑥
著／ビス　イラスト／雪子

お前みたいなヒロインがいてたまるか! 全4巻
著／白猫　イラスト／gamu

ドロップ!! ～香りの令嬢物語～ 全6巻
著／紫水ゆきこ　イラスト／村上ゆいち

復讐を誓った白猫は竜王の膝の上で惰眠をむさぼる 全5巻
著／クレハ　イラスト／ヤミーゴ

隅でいいです。構わないでくださいよ。 全4巻
著／まこ　イラスト／蔦森えん

悪役令嬢の取り巻きやめようと思います 全4巻
著／星窓ぽんきち　イラスト／加藤絵理子

乙女ゲーム六周目、オートモードが切れました。 全3巻
著／空谷玲奈　イラスト／双葉はづき

起きたら20年後なんですけど! 全2巻
～悪役令嬢のその後のその後～
著／遠野九重　イラスト／珠梨やすゆき

平和的ダンジョン生活。 全3巻
著／広瀬 煉　イラスト／⑪

転生しまして、現在は侍女でございます。 ①～⑥
著／玉響なつめ　イラスト／仁藤あかね

自称平凡な魔法使いのおしごと事情 シリーズ
著／橘 千秋　イラスト／えいひ

聖女になるので二度目の人生は勝手にさせてもらいます 全3巻
著／新山サホ　イラスト／羽公

魔法世界の受付嬢になりたいです 全3巻
著／まこ　イラスト／まろ

異世界でのんびり癒し手はじめます 全4巻
～毒にも薬にもならないから転生したお話～
著／カヤ　イラスト／麻先みち

冒険者の服、作ります! ①～③
～異世界ではじめるデザイナー生活～
著／甘沢林檎　イラスト／ゆき哉

妖精印の薬屋さん ①～②
著／藤野　イラスト／ヤミーゴ

その他のアリアンローズ作品は http://arianrose.jp

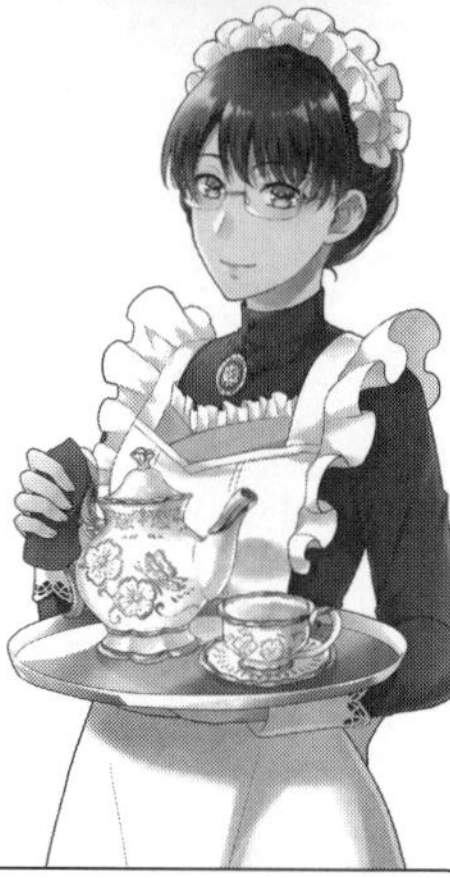

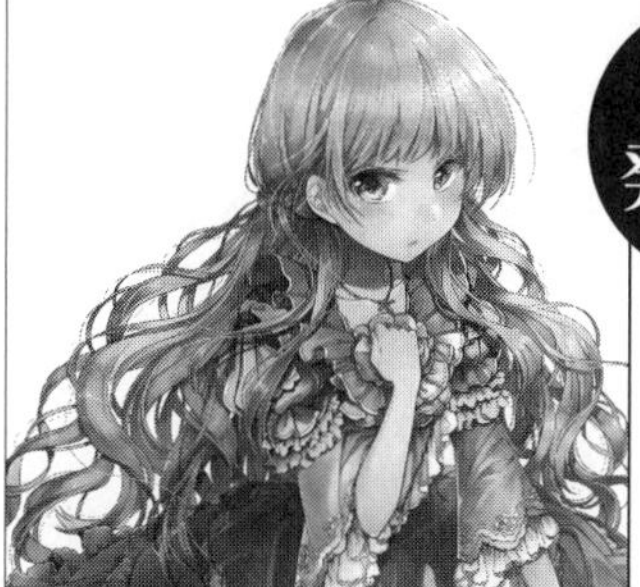

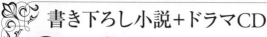

騎士団の金庫番 2

～元経理OLの私、騎士団のお財布を握ることになりました～

＊本作は「小説家になろう」（https://syosetu.com/）に掲載されていた作品を、大幅に加筆修正したものとなります。
＊この作品はフィクションです。実在の人物・団体・事件・地名・名称等とは一切関係ありません。

2020年10月20日　第一刷発行

著者 ………………………………………………… 飛野 猶
©TOBINO YUU/Frontier Works Inc.
イラスト ………………………………………………… 風ことら
発行者 ………………………………………………… 辻 政英
発行所 ………………………………… 株式会社フロンティアワークス
〒170-0013　東京都豊島区東池袋 3-22-17
東池袋セントラルプレイス 5F
営業　TEL 03-5957-1030　FAX 03-5957-1533
アリアンローズ公式サイト　http://arianrose.jp
フォーマットデザイン ………………………………… ウエダデザイン室
装丁デザイン ………………………… 鈴木 勉（BELL'S GRAPHICS）
印刷所 ……………………………………… シナノ書籍印刷株式会社